für
meine Mutter

Ein Freistaat für eine Ampel

Hartnäckigkeit führte für „Kinderland"-Chef zum Ziel

Prebelow. Als Matthias Wolf im Sommer vergangenen Jahres die Geschäftsführung des „Kinderlandes" übernahm, machte ihm neben vielem anderen ein Anblick besondere Sorgen: der seiner etwa 300 Schützlinge, wenn sie mehrmals täglich auf dem Weg zum Baden die Straße überqueren.

Eine Ampel mußte her. Also setzte sich Matthias Wolf an die Schreibmaschine und stellte einen entsprechenden Antrag beim Brandenburgischen Straßenbauamt in Potsdam. Die Antwort war von ernüchternder Endgültigkeit. Eine Fußgängerampel außerhalb einer geschlossenen Ortschaft sei nach geltendem Verkehrsrecht unzulässig. Basta!

Doch in Potsdam kannte man den Wolf nicht, der zwar mit dem „bösen" nichts gemein hat, dafür aber ziemlich hartnäckig ist. „Dann", so reagierte der Geschäftsführer des „Kinderlandes" spontan, „bringt mir die Ortsschilder her!"

Als das auch nicht zog, verkündete er den kurzerhand den „Freistaat Prebelow", der seine eigenen Verkehrsregeln aufstellt. Ein Gag natürlich, doch er zeigte die Entschlossenheit des kinderliebenden Geschäftsführers. Es gelang ihm, Vertreter des Straßenbauamtes nach Prebelow zu locken. Die überzeugten sich von der Dringlichkeit seines Aniegens und gelobten, dem Amtsschimmel die Sporen zu geben.

Doch der Weg bis zur Genehmigung war lang und steinig. Matthias Wolf war inzwischen nicht mehr allein. In jenem Amt in Potsdam hatte er mit Georg Klüger einen engagierten Mitstreiter gefunden, der seinerseits seinen Chef, Dieter Wiese, bearbeitete. Letztlich mit Erfolg, denn das Undenkbare wurde Realität: vor drei Monaten wurde eine Ausnahmegenehmigung erteilt. Damit hatte man die Porbleme zwar noch nicht aus dem Weg, aber im Griff. Zunächst wurde eine mobile Ampelstation installiert - ein „Probelauf" gewissermaßen. So blieb der Sommer unfallfrei, und die Montage eine stationären Bedarfs-Ampelanalge war beschlossene Sache. Am vergangenen Dienstag knallten vor dem „Kinderland" in Prebelow die Korken, als die Ampelanlage in Betrieb genommen wurde. Noch wird sie über den Zähler des Ferienlagers unter Strom gesetzt, doch das wird sich ändern.Man merke: für die Sicherheit der Kinder erteilen sogar Beamte Ausnahme-genehmigungen - man muß nur hartnäckig genug sein.

Martin Thaler

Es gelang Bruno doch immer wieder, sich ganz in das Telefonat zu vertiefen - trotz des Trubels um ihn herum, trotz des Termindrucks, unter dem sie alle standen. Es war dann, als ob sich eine Glocke über ihm senkte, oder als ob er in den Telefonhörer hineinkröche. Mitunter schloß er gar die Augen, und dann dünkte er sich in Halle oder in Erfurt - dort, wo Susanne jetzt im Schneematsch einer Telefonzelle stand, mit den Füßen stapfte, mit dem Finger Figuren an die beschlagene Scheibe malte, mit unruhigen Augen immer wieder auf die Restgeldanzeige starrte und den Worten lauschte, die Bruno in Gransee in den Hörer flüsterte. Bruno merkte nicht, dass sein Computer den umbrochenen Text mit einem Piepen meldete und auch nicht, dass Sven ihm einen Zettel mit einer Nachricht auf die Tastatur legte. Dort jedenfalls würde sie nicht untergehen unter all den Notizen, Pressemitteilungen und handschriftlichen Artikeln freier Mitarbeiter, die sich neben dem Bildschirm türmten und auf den überfüllten Aschenbecher zu rutschen drohten.

Eng war es in der Redaktion des „Gransee-Boten". Ein kaum wohnzimmergroßer Raum mußte sechs Schreibtischen und - hinter zwei von Bruno und Martin gezogenen Wänden - einer Dunkelkammer Platz bieten. Daran saßen Maria, die Redakteurin, drei Volontäre - einer davon war Bruno und der andere Sven - schließlich die zierliche Evelyn und Martin, der für den Sport in und um Gransee zuständig war. Sie alle waren schlecht bezahlt, auch Maria, obwohl sie die Redaktion leitete. Dennoch machten sie alle ihre Arbeit mit einem Engagement, das man wohl nur einer Art von Pioniergeist zuschreiben konnte. Sie waren es schließlich, die hier eine Tageszeitung von Null an aufbauten. Auf den ersten Blick schien die Redaktion durchaus gut ausgestattet zu sein. Doch die Telefone, die auf jedem Schreibtisch standen, waren sämtlich an nur eine Leitung angeschlossen, die Computer, mit denen sie ihre Texte schrieben, errechneten deren Zeilenlänge nur mangelhaft. und waren nicht vernetzt. Am Ende eines Arbeitstages hatten stets zwei der Mannschaft Dienst im 60 Kilometer entfernten Oranienburg. Dann sammelten sie die Spiegel - also die Layoutvorlagen für den Satz -, Fotos und Disketten ein, um dort von etwa 18.30 Uhr an bis in den späten Abend hinein am Bildschirm Seiten zu bauen, Fotos zu positionieren und schließlich die fertigen Seiten Korrektur zu lesen. Kein Wunder, dass die Ausgabe am nächsten Morgen vor Tippfehlern strotzte. Und die Angst, irgendein Text ist nicht korrekt abgespeichert, irgendein Foto im Fixierbad liegengeblieben, fuhr immer mit nach Oranienburg.

Es war 16.30 Uhr, und eigentlich war es jetzt eine Zumutung, dass Bruno die kostbare Leitung mit einem Privatgespräch blockierte. Doch jeder im Team hatte Verständnis für Brunos Liebe zu seiner Susanne, die er nur an den Wochenenden sehen konnte und von der er zwischenzeitlich nur etwas hörte, wenn sie eine intakte Telefonzelle fand, genügend Geld in der Tasche hatte und tatsächlich eine Sekunde traf, in der die Redaktionsleitung nicht besetzt war. Wäre Susanne im Westen groß geworden, man hätte sie als „eine Tochter aus gutem Hause" eingeordnet. Ihr von Schwarz zu Kastanie changierendes, glänzendes, schulterlanges Haar war stets mit der notwendigen Zahl an Bürstenstrichen gepflegt. Ihre Brauen über den dunklen Augen und der geraden Nase waren akkurat gezupt, die schmalen und doch geschwungenen Lippen exakt durch einen Lippenstift unterstützt. Als sie vor einigen Tagen Bruno einmal in der Redaktion besucht hatte, hatte Evelyn Martin kurz beiseite genommen, weil sie einfach los werden mußte:

„Das ist doch mal eine echt schöne junge Frau!"

Und Martin hatte ihr nur zustimmen können.

„Natürlich," sagte Bruno gerade, „ich rufe Maria noch an. Oh - ist gleich zu Ende? - Ich hab dich lieb! ..."

Bedächtig legte er den Hörer auf die Gabel und brauchte etwas Zeit zur Rückbesinnung, um zum Bildschirm aufzuschauen.

„Oh! Der Text ist ja wieder da! Und er paßt auch noch. Tja, Kinders, meine Seite ist fertig!"

„Das ist ja bombig," meinte Maria, die mit sämtlichen Seitenspiegeln, Fotos und Texten unter dem Arm die ganze

Zeit hinter ihm gestanden hatte. „Dann können Sven und ich ja jetzt nach Oranienburg fahren. - Übrigens, du brauchst mich nicht anzurufen, ich stehe hier neben dir."
Bruno schmunzelte.
„Ich meinte eben nicht dich, meine Schwester heißt auch Maria." Dann gab er ihr seinen Seitenspiegel und die Fotos, die auf seine Seite gehörten.
„Sind die auch alle beschriftet?"
Die für den Druck bestimmten Fotos mußten auf der Rückseite mit Angaben für die Positionierung versehen sein.
„Natürlich! Was hältst du von mir?"
„Na, da will ich lieber nichts zu sagen."
Bruno reckte sich, ohne der Bemerkung seiner Chefin Beachtung zu schenken. Die wandte sich ihrerseits Martin zu, der eben seine „Kurz-vor-Feierabend-Pfeife" stopfte.
„Eh' ich's vergesse, Martin. Dein Job über die Ampelanlage hat mir gut gefallen. Vielleicht solltest du öfters für's Lokale schreiben."
„Tät' ich ja gerne, doch es fehlt an der Zeit dafür", freute sich Sport-Pauschalist. „Du weißt doch: Gegen den Ball treten sie in jedem Kaff."
Benno reckte sich genüßlich:
„Martin, alter Schwede - wir haben Feierabend."
Martin schob seinen Drehstuhl über den wenige Wochen nach der Öffnung der Redaktion schon zerschlissenen Teppichboden unter den Schreibtisch. Es wurde bereits dunkel, als Martin die schwere Holztür der Redaktion abschloß und sich neben Bruno auf den Weg zum Parkplatz machte. Auf den ersten Blick hatten beide eine fast brüderliche Ähnlichkeit. Sie waren etwa gleich groß, so um die einmeterfünfundachzig. Bruno war ein stämmiger Kerl, bekleidet mit einer Jeans, einem Jeanshemd und einer braunene Nappalederjacke. Einen Bauch hatte er eigentlich nicht, aber seine Formen waren rundlich, vor allem sein nicht sehr gut rasiertes Gesicht, das zwischen eine seit langem nicht mehr geputzte Metallbrille ein wenig eingeklemmt wirkte. Seine Haare waren schlecht frisiert und schon ein wenig schütter. Martins Gesichtsform

war es, die ihn Bruno ähneln ließ. Im übrigen war seine Statur schlanker als die seines Freundes. Dafür aber konnte er den Ansatz eines Bauches nicht vertuschen.

„Du wolltest doch deine Schwester anrufen!", fiel Martin ein.

„Ach du liebe Güte, ja!" Bruno atmete tief durch. Schließlich hatte er lediglich von der Redaktion aus die Möglichkeit, zu telefonieren. Bis zu seiner Hinterhofwohnung in Neuruppin war die Telekom noch nicht vorgedrungen. Seine Schwester hingegen hatte in ihrer West-Wohnung in Berlin-Schöneberg selbstverständlich ein Telefon.

„Jetzt gehen wir nicht mehr zurück. Ich rufe sie morgen an."

Sie schwangen sich in Brunos alte japanische Limousine. Martin fuhr einen Bulli, der inzwischen einen Stammplatz in der Werkstatt hatte. Also teilten sich die beiden ein Auto.

„Ich kann mir übrigens morgen den Wartburg von Gerd ausleihen," bemerkte Martin nicht ohne Stolz.

„Das ist ja ganz wundervoll!", freute sich Bruno auf seine mitunter etwas altväterliche Weise.

„Was machst du heute abend?", fragte er dann.

„Ich treffe mich mit Markus."

„Was tut sich eigentlich zwischen Katja und Markus?"

„Weiß nicht - vielleicht erfahre ich heute abend mehr."

Der Weg führte sie vorbei an zumeist unbestellten Feldern auf einer der für Brandenburg so typischen Alleen. Die Straße war bucklig, keine Mittellinie und kein Begrenzungstreifen half in der Dunkelheit bei der Orientierung. Die Felder rechts und links der Straße verloren sich nach wenigen Metern in nebligem Nichts. Weiße Farbflecken auf den knorrigen Linden ersetzten die Begrenzungspfähle. Mehr als sechzig war nicht drin zu dieser Tages- und Jahreszeit.

Kaum, dass Bruno den Schatten bemerkte, der eben noch vom kraftlosen Ende des Scheinwerferkegels gestreift wurde. Ein Wildschwein!

„Da kommen noch mehr!", brüllten beide wie aus einem Mund. Bruno stieg in die Bremsen und brachte den Wa-

gen binnen weniger Meter quietschend in den Stand. Sie hatten beide Recht. Ein Rudel haariger Sauen überquerte trippelnd die Fahrbahn. Martin und Bruno sahen sich belustigt an.
Es war kurz vor Alt-Ruppin, als Bruno Martin eröffnete: „Am Wochenende fahren wir übrigens nach Erfurt."
„Schön - ich wünsche euch viel Spaß", erwiderte Martin nicht ohne Bitterkeit.
Er hatte nun einmal das Ressort Sport übernommen. Einen zweiten Mann oder Frau gab es dafür nicht. Und also hatte Martin jetzt ungefähr sechs Monate lang durchgearbeitet. Sieben Tage in der Woche. Jeden Tag hatte er eine Sportseite abzuliefern, an den Samstagen traten die Kreis- und Bezirksliga-Mannschaften gegen den Ball - da war er auf den Sportplätzen des Kreises Gransee anzutreffen. Und Sonntags galt es, die Sportseite des „Gransee-Booten" für den Montag zu bauen.
„Ich meine: Du kommst mit nach Erfurt! Ich schaue mir das mit dir nicht mehr länger mit an. Du mußt mal ein Wochenende frei machen!"
„Wie stellst du dir das vor?"
„Komm - irgendeinen Text hast du doch immer in Reserve. Außerdem hast du doch deinen Zinkler. Der liefert doch mindestens drei Texte." Bruno meinte einen freien Mitarbeiter, der auf den Sportplätzen in und um Gransee mit jedem per Du war. Sein Ruf allerdings war nicht ganz ungetrübt. Vor kurzem erst hatte man an die Redaktion herangetragen, dass Zinkler bis kurz vor der Wende als „IM" tätig gewesen sein soll. Martin hatte beschlossen, derartigen Gerüchten keine Bedeutung beizumessen. Das allerdings tat er nicht ohne Eigennutz, denn freier Mitarbeiter wie Zinkler waren für ihn, der völlig fremd in dieser Gegend war, von unschätzbarer Bedeutung. Wie oft halfen ihm unverlangt eingereichte Beiträge wie die von Zinkler aus der Verlegenheit, schlechte Fotos vierspaltig einzuspiegeln, um so die tägliche Seite füllen zu können. Da sah er auch darüber hinweg, dass die Texte vor stilistischen Fehlern nur so strotzten. Doch so mußte er einlenken:

„Tja, aber die muß ich dann noch ins Deutsche übersetzen. Außerdem müssen die Tabellen gebaut werden.“
„Das macht Evelyn für dich. Ich habe sie schon gefragt. Also keine Widerrede. In Erfurt feiere ich seit ich dort Student war Fasching. Es wird dir gefallen.“
„Ein freies Wochenende, ja, das wäre schon schön.“
Er glaubte noch nicht daran. Doch Bruno amysierte sich nur in stiller Gewißheit.

Mit einem gut zeigefingerlangen Aluminiumschlüssel öffnete Martin das stählerne Tor an der August-Bebel-Straße, zum Hinterhof des Hauses, das die Neuruppiner Lokalredaktion des Märkischen Anzeigers beherbergte. Kurioserweise hatte Martin hier - bei der Konkurrenz - Unterkunft gefunden. Er tapste durch die Dunkelheit der Hofdurchfahrt und war froh, dass aus den Fenstern der Redaktion noch Licht auf den Hof fiel. Durch das Fenster sah er Gerd bei der Arbeit. Er entschloß sich, ihn noch kurz zu besuchen - nicht zuletzt, damit er ihm die Schlüssel für den Wagen gab.
„Ah, 'n Abend“, begrüßte Gerd ihn, „Ich habe dir die Schlüssel für den Wagen schon vor die Tür gelegt.“
„Bist ein Schatz! - Immer noch bei der Arbeit?“
„Jaaa." Gerd hatte mitunter die Angewohnheit, die Vokale ein wenig zu ziehen. Er nahm einen Zug von seine Zigarette und musterte den Bildschirm.
„Schau bloß nicht auf den Schirm. Du weißt ja - top secret!“
Gerd war ein Typ, dem man die sensible Intelligenz ansah. Sehr schlank, ein wenig leptosom. Durch seine schwarzen Haare schimmerten schon ein paar graue hindurch, sein Gesicht war ziemlich zerknittert, und der schmale Mund mit leicht heruntergezogenen Winkeln zeugte von Lebenserfahrung. Aber wenn er durch seine schwarze Nickelbrille lächelte, dann strahlte er Liebenswürdigkeit und Charme aus.
„Keine Sorge - für meine Sportseite in Gransee werde ich es schon nicht verwenden können.“

Martin war schon ein wenig stolz darauf, dass man ihn für so integer hielt. Schließlich herrschte heftige Konkurrenz zwischen dem alteingesessenen Lokalblatt, das mit den Altlasten der untergegangenen DDR zu kämpfen hatte, und dem neugegründeten, vom Westen aus dirigierten Blatt, dem zu dieser Zeit neue Leser nur so zuliefen.

„Na, dann will ich nicht weiter stören.", wollte Martin sich dezent zurückziehen.

„Du störst nicht, ich bin eh fertig. Muß den Job nur noch nach Potsdam faxen."

Auch bei dem Märkischen war man damals noch nicht online.

„Hast du ein Bier im Kühlschrank?", fragte Gerd

„Ja, aber nicht im Kühlschrank."

„Das ist mir wurscht. Ich habe Durst."

Als das Fax durch war, gingen sie die steilen, PVC-beklebten Stufen hinauf in Martins Zimmer, vorbei an den kahlen Wänden, von denen die Farbe blätterte.

Die Tür zu seinem Zimmer war offen. Martin schloß nie ab. Die Diele war Küche und Waschgelegenheit zugleich. Neben dem Waschbecken stand ein alter, meist leerer Kühlschrank, darauf ein kleiner Ofen mit zwei Kochplatten im Deckel. Im Wasch- bzw. Spülbecken standen die Gläser des Vorabends, auf der Kante des Becken balancierte die Zahnbürste und der Rasierpinsel. Auf dem Küchentisch gegenüber türmten sich der Kaffee, Nudelpackete und ein paar Konserven.

Nach links ging es in sein Zimmer. Gleich rechts neben der Tür stand ein Klapptisch, der zur Hälfte belegt war von Martins altem Computer. Den etwa dreißig Quadratmeter großen Raum teilte ein halbhohes Regal, in dem eine alte Musikanlage und unzählige Schallplatten untergebracht waren. Dahinter stand ein stets ausgeklapptes, von Flecken übersätes Schlafsofa. Links an der Wand bot ein alter Schrank, dessen schlichte, funktionelle Form und das matte Weiß vermuten ließ, dass er einmal in einer Arztpraxis seinen Dienst getan hatte, Platz für Geschirr. Die zum Teil gesprungenen Glasscheiben der alten, sehr hohen Fenster waren - wie stets im Winter - beschlagen, denn die Fernheizung sorgte für bullige Wärme. Es war eine von unzähligen Wohnungen in dieser Gegend, in denen man die Temperatur über das Öffnen und Schließen der Fenster regulierte.

Martin vermied es, die Neonröhren des ehemaligen Büroraumes, in dem einmal die Post untergebracht war, anzuschalten. Lieber war ihm da die Stehlampe. Er öffnete ein Fenster, holte zwei Flaschen vom Brett, entkorkte sie mit einem Feuerzeug und gab eine seinem Kollegen.

Gerd wirkte erschöpft. Er massierte sich selbst den Nacken, als er die retorische Frage in den Raum stellte:

„Manchmal frage ich mich, warum wir das eigentlich machen."

„Vielleicht, weil wir nichts anderes gelernt haben."

„Und warum hast du zum Beispiel nichts anderes gelernt? Du hast doch als Student reichlich Gelegenheit dazu gehabt, mitzubekommen, was in den Redaktionen so abgeht."

„Ja, da hast du wohl recht," gestand Martin ein. „Und das fand ich so toll, dass ich nie etwas anderes tun wollte. Zeitweilig habe ich mal was anderes gemacht - aber das ist eine lange Geschichte. Vielleicht erzähle ich sie dir mal. Aber in dieser Zeit hat es mich immer gestört, die Dinge von der Zeitung präsentiert zu bekommen. Mich hat an unserem Beruf immer begeistert, die Aktualität nicht geliefert zu bekommen, sondern selbst dabei zu sein."

„Gut, aber andere Berufe haben auch ihre Vorzüge. Und diejenigen, die sei ausüben, sind - zumindest oft - auch begeistert von dem, was sie tun. Dennoch haben sie geregelte Arbeitszeiten und achten darauf, dass sie ihre Überstunden bezahlt bekommen oder wenigstens abfeiern können."

„Mmh, und ich könnte dir auch sagen, was mein Chef antworten würde, wenn ich ihm das vorhielte: ‚Herr Thaler, wissen siie, wie viele vor der Tür stehen, die ihren Job mit Kußhand übernehmen würden?' Damit kämen wir in der Branche nicht durch."

„Also", stöhnte Gerd, „ich überlege mitunter, ob ich in der richtigen Branche bin."

„Ich könnte, glaube ich, nichts anderes machen. Das ist...", Martin überlegte kurz, wie er es beschreiben sollte, „das war bei mir so, als ob ich eines Tages an mir feststellen würde: ‚Ich bin schwul!'. Das wird einem irgendwann klar, und man kann nichts mehr dagegen tun und muß damit leben, ob man das nun schick findet oder peinlich, aufregend oder lästig. Und ich habe irgendwann bemerkt: ‚Ich bin Journalist!' Und das kann ich jetzt nicht mehr ablegen. Verstehst du? Das gehört einfach zu meiner Person."

„Also, lieber Martin! Das wirst du auch hören von einem Kaufmann, der seinen Kaufladen liebt. Oder von einem Lehrer. Der wird das gleiche von sich und seinem Beruf sagen."

„Okay!", stimmte Martin zu, „Ich will ja gar nicht behaupten, dass es nicht auch andere Berufe gibt, mit denen sich diejenigen genauso identifizieren. Ein Arzt eilt, wenn er in seiner Freizeit an eine Unfallstelle kommt, auch sofort zur Hilfe - und wenn er sonst was für den Tag geplant hatte. Denk' mal an Pfarrer. Die kannst du jederzeit, und wenn es in der Kneipe ist, als Seelsorger ansprechen. Und genauso wenig könnte ich jeh aus dieser Haut 'raus. Wenn es heute abend in der Nachbarschaft brennen würde, würde ich auch zur Kamera greifen und morgen die Redaktion mit Bildern beliefern. Ganz gleich, ob mein Ressort nun ‚Sport in Gransee' ist, oder nicht. Ich könnte gar nicht anders.

Und da fällt mir noch etwas ein. Ja, vielleicht ist das der triftigste Grund für die Schufterei: Schau mal, wie sieht das denn in den Verlagshäusern in Wessiland aus? Da sind alles ordentliche, voll ausgestattete Redaktionsräume, und vor allem - die Hierarchien sind fest gefügt. Dort arbeitet man halt für eine Zeitung. Hier ist es unsere Zeitung, die wir hier produzieren. Ich habe in Gransee mit Kollegen zusammen die Wände für die Dunkelkammer hochgezogen. Neulich habe ich meinen PC in die Rdaktion getragen und das Textprogramm ein wenig angepaßt, damit wir genügend Möglichkeiten zum Schreiben haben. Verstehst Du, was ich meine? Die erste Sportseite dieser

Zeitung war von mir. Jetzt hat Bruno mir vorgeschlagen, ein Wochenende in Erfurt zu verbringen. Und schon frage ich mich: ‚Was geschieht mit meiner Sportseite?' Im Westen denkt sich jeder Redakteur: ‚ Ich habe jetzt Urlaub. Soll die Redaktion sehen, wie sie klarkommt.' Dieser ‚Gransee Boote' ist unser Werk. Hinzu kommt, dass alles so überschaubar ist. Da ist nicht irgendwo in der Zentrale die Mantelredaktion. Neulich fragte mich eine Kollegin, ob ich mal für eine Stunde die dpa- oder ap-Meldungen abfragen könnte. Sie müsse mal kurz etwas einkaufen. Und dann legte sie mir den Spiegel hin und meinte: ‚Wenn was Gutes dabei ist, dann packe es auf die Seite. In der Technik montieren wir die Bilder selbst. Manche können sogar rastern oder belichten. Wir machen da im urgeigentlichen Sinne Zeitung. Wenn ich beim Trainer von Fürstenberger Fußballverein bin, bringe ich gleich die Anzeige für seinen Bäckerladen mit. Fast jeder macht fast alles. So maßgelblich am Aufbau und an der Entwicklung eines Blattes zu sein, das werden wir nie wieder erleben - schon gar nicht im Westen. Dafür bin ich geradezu dankbar."

„Glorifizierst du das nicht ein wenig? Also wenn ich nachmittags frei habe und in der Sonne liege, könnte die Feuerwehr an meinem Garten vorbeifahren - ich würde mir sagen: ‚Ich habe frei - sollen sich die Kollegen darum kümmern'. Und wenn ich gar einen ganz anderen Job hätte - ich wäre dann froh, dass mich das nichts mehr anging. Nein, Martin! Wenn ich eine gute Alternative hätte, einen Job, der mir Spaß machen und sein Geld bringen würde - ich könnte gut ohne diesen Streß leben!"

Martin wollte das nicht einsehen. Dennoch lenkte er ein:

„Tja, dann sind wir wieder da, wo wir angefangen haben: Wir haben halt nichts anderes gelernt."

„Du hast Recht. Es hilft nichts - morgen geht es wieder an den PC! Danke dir für das Bier. Ich fahre mit dem Fahrrad nach Hause und genieße den Feierabend - er ist kurz genug. Der Wagen steht auf dem Hof", verabschiedete Gerd sich.

Martin blieb nicht mehr lange in seiner Bude. Er hatte keine Lust, sich etwas zu Essen zu bereiten. Es war sowieso Zeit, sich auf den Weg ins Jugend-Freizeit-Zentrum - das JFZ - zu machen. Dort, im JFZ, würde er auf Markus warten.

Nirgends hatte er so viele Abkürzungen lernen müssen, wie in Neuruppin. Wer hinter diesem profanen Kürzel „JFZ" einen neonbeleuchteten FDJ-Saal in einer Baracke am Ortsrand vermutet, irrt. Das JFZ, direkt gegenüber dem Rheinsberger Tor, war ein großes, altes Gemäuer. Die zahlreichen, den verschiedensten Aktivitäten zugeordneten Räume waren sämtlich in Farben getüncht, die möglichst wenig Licht reflektierten. Da war ein Billardraum, ein Konzertraum, für den sich in Kürze gar „Keimzeit" angekündigt hatte, und ein Café oder eine Kneipe, in der man sich sein Bier an der Theke selbst abholen mußte, ehe man sich an einem der rustikalen, offenbar aus Entrümpelungen gesammelten Tische niederließ.

Eigentlich war Martin viel zu alt für dieses Ambiente. Doch er fühlte sich sehr jugendlich, sehr ungebunden, sehr locker zu dieser Zeit. Und so ging er beschwingten Schrittes den Weg zum Treffen mit seinem Freund und Kollegen Markus. Er war es, der ihn für den „Gransee-Booten" geworben hatte.

Die nächtlichen Gänge durch Neuruppin haben einen starken Eindruck bei Martin hinterlassen. Wie oft war er in der Dunkelheit des nun ausgehenden Winters von einem fahlen Lichtflecken einer Straßenlaterne zum nächsten gewandert, war über eine der groben Granitblöcke gestolpert, vorbei an den bröckelnden Fassaden, an den niedrigen, morschen Fenstern, hinter denen zerschlissene Gardinen nur mangelhaft den Blick auf schäbige Stuben verschleierten? Er liebte diese Atmosphäre der verlebten Gammeligkeit. Die adrette, heile Welt einer Vorstadtgemeinde in Westdeutschland flößte ihm Angst ein. Hier konnte er mithalten, brauchte er sich nicht zu verstecken hinter einer Kleidung, die nicht zu ihm paßte oder einem Auto, das er nicht bezahlen konnte. Die Menschen, die hier lebten, ihr Charakter, kamen besser zum Ausdruck, wenn sie aus einem Trabi stiegen oder aus einer alten Holztür schritten, in einer schlichten Jeans und einem tristen Pullover. Besser als ein Mensch, der aus einem polierten Sportwagen steigt oder aus der Pforte eines gepflegten Einfamilienhauses tritt, in Designerjeans gekleidet und in einem Reptilien-Shirt. Und deshalb liebte er diese kleine Stadt in Brandenburg und ihre Menschen - und die Wege von der August-Bebel-Straße über die Karl-Marx-Straße ins JFZ.

Wie stets war Martin etwas zu früh. So hatte er noch Zeit, sich eine Pfeife anzuzünden. Die Abende mit Markus hatten stets etwas Besonderes. Markus hatte einen Draht für die sensible Art, mit der Martin die Dinge um sich herum betrachtete und bewertete. Er ging darauf ein, nicht ohne sich ein wenig in seiner coolen Überlegenheit zu sonnen, seinem Verständnis, das ihn über diesen Dingen stehen ließ. Aber Markus brachte Martin nicht selten weiter, wenn er Probleme bei der Bewältigung des für ihn so faszinierend fremden Alltags hatte. Mithin freute Martin sich auf ihn.

Eben wollte er seine Pfeife hervorholen, da fiel ihm ein, dass er eigentlich gleich ein Glas für Markus hätte mitbesorgen können. Also stand er noch einmal auf, hieß seine Tischnachbarn auf sein Bier aufpassen und kämpfte sich ein zweites Mal bis zur Theke vor. In diesem Moment betrat Markus den schummrigen Raum. Schon wollte Martin ihm zuwinken und den Tisch zeigen, da wurde ihm klar, dass er keine Eile zu haben brauchte. Schließlich mußte Markus erst einmal einige Bekannte begrüßen und mit ihnen ein paar Worte wechseln.

Wäre Markus nicht Journalist geworden, Schauspieler wäre ein geeigneter Beruf für ihn gewesen. Seine Züge waren nämlich auf eine sehr interessante Art markant, so daß man nicht sagen kann, welche Eigenheiten des zerfurchten, weishäutigen, langen Gesichts zuerst auffielen. War es die Hakennase, war es der große Mund, der, wenn er lachte geradezu erschreckende Ausmaße annahm, oder waren es die listigen Augen unter den hochgezogenen Brauen und hinter einer dunklen Nickelbrille, die ihm ein intellektuelles Aussehen verlieh? Oder war es die diesen Eindruck verstärkende, hohe, faltige, an der rechten Schläfe nach einem Überfall aus seiner Zeit als Taxifahrer vernarbte Stirn?

Er hatte wie immer zwei Jacken an, die er ineinder gesteckt hatte. Die innere, eine sakko-artige Wolljacke, sorgte für Wärme. Die äußere, eine speckige, schwarze, halblange Lederjacke, hielt den Wind von ihm fern. So konnte er es sich trotz der nassen Kälte, die derzeit in Neuruppin herrschte, leisten, darunter lediglich ein kariertes Flanellhemd zu tragen, das - auch wie immer - nicht ganz korrekt in der schwarzen Jeans steckte.

Bis Markus sich zum gemeinsamen Platz durchbegrüßt hatte, war Martin längst wieder zurück. Markus holte den zerknitterten Tabaksbeutel, die Zigarettenblättchen und ein Feuerzeug mit der Aufschrift „Ruppiner Allgemeine" aus der inneren Innentasche, legte sie neben das Bier, das er längst als das seine erkannt hatte, strahlte Martin an und grüßte:

„Na, Olle!"

„Na, du Doofer!", grüßte Martin wie üblich zurück, seitdem er wußte, dass die gesamte Ruppi-Clique sich über dieses schlimmste seiner Schimpfwörter amüsierte.

„Du bist mir nicht böse, wenn ich nicht die ganze Nacht Zeit für dich habe?", fragte Markus ihn mit einem vielsagenden Lächeln.

Martin stieg denn auch drauf ein:

„Ach Schatz", himmelte er ihn an, „wir haben so viele schöne Nächte miteinander verbracht ... Wer ist es denn heute?"

Damit war Martin beim Thema.

„Nun, sie ist noch hübscher als du - na, wer wohl?"

„Katja!"

„Jau!"

„Wird das was mit euch beiden?"

„Ach - Martin!" Markus verzog das Gesicht. „Dass du immer so direkt fragen mußt!"

„Wer nicht fragt, bleibt dumm."

Markus nahm einen kräftigen Zug von seiner eben gedrehten Zigarette, inhalierte, und stieß den Qualm mit einem Blick in die verrauchte Ferne des Raumes aus.

„Tjaaaa, ... weiß nicht."
Und dann drehte er sich zu Martin hin, sah in breit und
warm lächelnd in die Augen und griff seine Hände.
So unterschiedlich die beiden waren, so einig waren sich
in einem Punkt: sie gingen so souverän mit ihrer Männ-
lichkeit um, dass sie sich nie vor körperlichem, ja zärtli-
chem Kontakt miteinander scheuten. Hätte man Martin
gefragt, ob er seine Freunde liebt, hätte er nie vor einem
klaren „Ja!" zurückgeschreckt ohne auch nur ansatzweise
in den Verdacht zu geraten, dies sexuell zu verstehen.
Und so hat man die beiden ebenso oft bei herzlichen Um-
armungen beobachten können, wie bei einem innigen
Händedruck, wenn der eine dem anderen etwas bedeut-
sames zu sagen hatte. So auch jetzt, als Markus beide
Hände von Martin nahm und ihm zuraunte:
„Aber ich hoffe es - ich hoffe es sehr!"
Martin lächelte ihn lieb an, doch Markus, der seinen
Freund in der kurzen Zeit gut kennengelernt hatte, ahnte,
woran Martin jetzt dachte.

Martin genoß das farbenprächtige Bild, das sich ihm durch die
vom Zigarettenqualm beschlagene Scheibe seines Bulli wie
durch einen Weichzeichner gefiltert bot. Die Sonne legte sich
auf den Deich, und die Wolken bildeten eine Gaze in Rot zwischen dem hellblauen Himmelsstreifen am westlichen Horizont
und dem königsblauen, bereits nächtlichen im Osten, von dem
sich eine Neumondsichel kontrastarm abhob. Der im Gegenlicht
grob strukturierte Asphalt reflektierte die Abendröte und
schlängelte sich durch die sattgrünen Wiesen Butjadingens. Ab
und zu blendete ihn die Reflektion des Wassers in den als Vieh-
tränken verwandten Badewannen direkt an den Dükern, die in
regelmäßigen Abständen den Graben längs der Landstraße
dritter Ordnung Richtung Stollhamm überquerten.
An einer dieser Zuwegungen machte er halt und griff nach seiner Kamera. Martin war Schwarz-Weiß-Fotograf. Er sah weniger die Farben als die Kontraste. Und wenn das Licht wie jetzt

tief stand, dann hob es die Strukturen der knorrigen Wiesengatter hervor, dann warf es lange Schatten, strahlte verwitterte Fassaden erbarmungslos an und reduzierte die verfallene Scheune im Gegenlicht zu einem schwarzen Relief. Eben solch ein Ensemble bot sich Martin, als er an seine alte Kleinbildkamera das 17mm-Weitwinkel schraubte, um sich dann so tief wie möglich in das feuchte Gras zu hocken. So würde er den von der Abendsonne angestrahlten Wolken hinter den gleißend weißen Flügeln der Windmühle die Wirkung einer Kuppel verleihen, die sich über Wiese, Scheunenrelief und Deich spannt.

Wenn man Martin in jener Zeit gefragt hätte, wie er sich fühlt, wäre seine einzig korrekte Antwort ‚Ich weiß es nicht‘ gewesen. Jahrelang war er sich seiner Ziele sicher gewesen. Eine Familie wollte er haben, dafür ein Haus, davor ein schickes Auto für sich und ein praktisches für seine Frau. Ihm lag stets etwas an guter Kleidung. Kurzum: sein Ziel war gesellschaftliche Anerkennung durch Geld. Das alles schien er erreicht zu haben. Er liebte seinen kleinen Jungen, vermutlich hatte er auch einmal seine Frau geliebt.

Und jetzt rollte er wieder in einem klapprigen VW-Bus, dessen schmuddelige Sitze seiner Jeans nichts anhaben konnten, durch das Butjadinger Land, im Radio beschworen die Scorpions die „winds of change“, kein Baby wartete zu Hause auf ihn, keine Frau sah auf die Uhr, kein Kunde rechnete mit seinem Anruf, und Martin genoß es. Dann schraubte er das quietschende Seitenfenster herab, sog die würzige Nordseeluft ein und bestaunte die Wolken, die den malerischen Sonnenuntergang einrahmten. Martin hatte alles verloren, was ein junger Mensch verlieren kann. Seine Familie war ihm weit ferner, als die Distanz von etwa 350 Kilometern beschreibt. Seinen Beruf hatte er angeekelt weggeschleudert. Sein Haus, das nun durch die Bank zum Verkauf stand, war ihm gleichgültig. Wie Franz von Assisi hatte er nackt und bloß der spießigen Welt den Rücken gekehrt, und er sonnte sich in dieser Heroik. Die per Postzustellungsauftrag zugesandten Mahnschreiben beachtete er nicht. Noch hatte er 30 Mark dabei, das reichte für einen kurzen Besuch in seiner Stammkneipe und den Sprit für die Rückfahrt. Wovon er morgen leben sollte, interessierte ihn nicht. Diese Haltung war seine einzige Chance, zu überleben. So, wie die Bewußtlosigkeit nach einem schweren Unfall ein Reflex des Organismus ist, um Körper und Psyche vor Schmerzen und Entsetzten zu bewahren, so schirmte Martins Trance-Zustand ihn vor der Trauer ab, die er bei wachem Verstand hätte empfinden müssen.

Seine Eltern hatten ihn bei sich aufgenommen. Bei ihnen konnte er schlafen, wann immer er müde war, essen, wann immer er hungrig war und weinen, wann immer er traurig war. Ein Mann von über 30, doch im Grunde ein Kind, das versonnen im Sandkasten spielt, während die Eltern durch die Terassentür stets einen liebevoll wachsamen Blick werfen.

„Was hast du heute abend vor?", hatte sein Vater ihn gefragt.

„Ich treffe mich mit Melanie."

„Wer ist den Melanie?"

„Sie arbeitet in der Anzeigenabteilung."

„Hast du denn genügend Geld in der Tasche?"

Fragen wie die an einen Teenager und dennoch angebracht. Denn in dieses Alter war Martin zurückgefallen. Jahre lang war er erwachsen gewesen, hatte studiert und dann gearbeitet, hatte sich eine Existenz als Makler aufgebaut und war gescheitert. Jetzt, wieder Kind im Hause, war er auf der Suche nach einer Identität, wie ein Schulabgänger nach dem Abschluß der Mittleren Reife.

Das alles reflektierte Martin zu dieser Zeit nicht. Er saß in seinem Bulli und freute sich auf das Mädchen hinter der Theke seiner Stammkneipe in Nordenham, einem verschlafenen Kleinststädtchen an der westlichen Wesermündung. Dort hatte er seit zwei Monaten einen Job bei der lokalen Tageszeitung. Und damit war Martin zunächst am Ziel seiner Träume. Er schrieb „auf Zeile". Das Honorar pro Zeile bei der Zeitung war das Benzin nicht wert, das man bei der Recherche verfährt. Doch so weit rechnete Martin nicht. Ihm war wichtig, einem netten Redaktionsteam anzugehören und dort anerkannt zu sein. Schon damals stufte Martin sein Niveau weit höher ein, als seine Position. Als kleiner, freier Mitarbeiter war er absolut weisungsgebunden, alle seine Berichte wurden redigiert, Entscheidungen über Themenwahl und Plazierung von Reportagen trafen die Redakteure. Dennoch blickte Martin auf soviel Erfahrung zurück, dass seine Vorschläge in der Regel angenommen und seine Artikel nur noch selten gegengelesen wurden. Schon das machte ihn stolz. Er war sich bewußt, dass sich nur äußerst selten ein so fähiger freier Mitarbeiter in die kleine Redaktion in Nordenham verirrt. Was Wunder bei einem Honorar, das diese Bezeichnung nicht verdiente. Doch wie gesagt: Martin brauchte damals kein Geld. Er brauchte Ruhe, Geborgenheit und ein paar Freunde.

Zwei Stunden später in jener Kneipe, nach dem ich-weiß-nicht-wievielten Bier und der viel-zu-vielten Zigarette: hier ein nicht mehr ganz junger Mann auf einem Barhocker, ein bißchen einsam, ein bißchen melancholisch, ein bißchen verliebt in das Mädchen auf der anderen Seite des Tresens, das, sehr jung, recht hübsch, fleißig Pilsgläser bezapft, Manschetten um sie legt und Kaffee einschenkt. Sie wußte um seine kleine, anspruchslose Verliebtheit, und sie mochte ihn darum. Melanie war ein Mädchen, das Beschützerinstinkte weckt. Etwa 165 klein, nicht ganz schlank aber von ausgesprochen weiblicher Statur. Die langen, welligen, mittelblonden Haare umspielten das lieblichste an ihr: ihr Gesicht. Die runde Gesichtsform, der schmale, kleine Mund, die etwas stubsige Nase und die großen, mitunter etwas feuchten und daher glänzend wirkenden Augen, das alles zeugte von Sensibilität und Warmherzigkeit. Die etwas vorstehenden Wangenknochen und das durchaus energische Kinn hingegen kündeten von Charakterfestigkeit und Willensstärke. Kurzum: Martin war hingerissen von diesem Mädchen und vor allem von ihrem Alter. Sie war gerade mal 20 Jahre alt, und doch merkte Martin nicht, dass er im Grunde viel zu alt für Melanie war. Doch zu einer ernsthaften Bemühung um das junge Mädchen war Martin damals nicht fähig. So beließ er es bei dem Geplauder an der Theke, aus dem an diesem Abend ein tiefes Gespräch geworden war.
Und nach jenem viel-zu-vielten Bier war es beschlossen:
„Okay, dann werde ich mich morgen mal in Richtung Leipzig aufmachen."
Dort nämlich wurden, so hatte Martin einer Fachzeitschrift entnommen, Journalisten gesucht.
„Das willst du echt machen? So weit fort? Dazu hätte ich keinen Mut."

„Ach weißt du, ich habe doch nicht viel zu verlieren. Aber dort im Osten, da sehe ich eine echte Chance für Schreiberlinge wie mich. Vielleicht kriege ich ja auch eine Festanstellung."
„Du meinst also, die sitzen dort und warten auf dich."
„Ja." Martin amüsierte sich richtig über seine Antwort. „Ja! Schließlich inseriert diese Zeitung, dass sie mehrere Redakteure und freie Mitarbeiter sucht. Wenn ich da morgen auf der Matte stehe, mit meinen kompletten Bewerbungsunterlagen unter dem Arm, dann wird das gewiß Eindruck machen."

Beim Frühstück brachte Martin es heraus:
„Ich fahre heute nach Leipzig."
„Was willst du denn dort?"
Martins Vater blieb wie stets gelassen.
„Dort werden Journalisten gesucht."
„Tja, ich glaube, es ist richtig, wenn du versuchst, in diesem Beruf Fuß zu fassen. Das ist wohl dein Ding. Warum also nicht in Leipzig?"
Eine Stunde später rollte der Bulli über die Autobahn in Richtung Berlin, Fernziel Leipzig. Und wieder lief im Radio „winds of change" - der Hit der Saison. Martin sang laut mit. Er war gut drauf an diesem sonnigen Morgen, ließ sich ganz von der abenteuerlichen Romantik der Situation einnehmen. Für kein Geld der Welt hätte er seinen rostigen Bus, der vom Vorbesitzer mit einer Reihe von Sperrholzplatten zu einen Campingbus umgebaut worden war, eingetauscht gegen das Coupé mit Autotelefon, in dem er in modischer Kombination und mit einem Schlips um den Hals Kunden besucht hatte. Jetzt fühlte er sich wohl in seiner Jeans und den Turnschuhen. Noch nie hatte er sich so frei gefühlt.
Gestern war sein Monatshonorar überwiesen worden - tausendzweihundert Mark. Das Geld hatte er in der Tasche, seine Kamera lag auf dem Beifahrersitz neben einer Plastiktüte, darin ein T-Shirt, eine Unterhose und ein Kulturbeutel.
Eines ging Martin nicht aus dem Kopf. Vor einigen Wochen hatte er in Nordenham eine junge, sehr attraktive Journalistin kennengelernt. Sie hatte für kurze Zeit in der Nordenhamer Redaktion hospitiert, arbeitete nun aber als Volontärin während ihrer letzten Ausbildungsmonate bei irgendeiner Zeitung in

einer Stadt namens Neuruppin. Eine Tasse Kaffee hatte er mal mit ihr getrunken. Man hatte vereinbart, in Kontakt zu bleiben. Das war's. Martin hatte keine Ahnung wo dieses Neuruppin liegt, doch Katja war interessant genug, um ihn zu einem Abstecher in dieses Städtchen zu verleiten.

Als er eine Stunde später bei einer Pause auf die Straßenkarte schaute, stand sein Entschluß fest. Da gab es gar tatsächlich eine Abfahrt von der Autobahn direkt nach Neuruppin! Fortan ließ Martin die blauen, etwas behelfsmäßig wirkenden Ausfahrtschilder nicht mehr aus den Augen.

Da stand es: „Herzberg/Neuruppin ⇨“ Martin mußte nun rasch zurückschalten, der Motor heulte auf, die Bremsen quietschten und im gleichen Moment übertrug die steile Lenksäule des alten Busses einen schweren Schlag bis in seine Oberarme. Er war in Ostdeutschland! Wie wunderbar! Der erste Eindruck, den er auf den letzten Kilometern vor Neuruppin von diesem fremden Land gewann, das seit einigen Monaten zu seiner Heimat gehörte, sollte Bestand haben. Hier war nichts adrett, sauber und gepflegt. Der Asphalt war holprig und mit Teerpflastern übersäht, die Seitenstreifen nicht befestigt, eine Fahrbahnmarkierung gab es nicht. Die vor der Ernte stehenden Felder waren hier nicht planquadratisch gegliedert, Reihen knorriger Buchen und Kiefern waren keiner Rentabilitätsrechnung zum Opfer gefallen.

Straßendörfer waren das, die er dann durchquerte. Fretzdorf, Rossow, Rägelin, Katerbow - Ortsnamen, an die er sich bald gewöhnen würde. Keine Bürgersteige säumten die Straße, Unkraut verlieh dem Kopfsteinpflaster der Durchgangsstraße einen Übergang zu dem Grünstreifen, der Straße und Häuserfront trennte. Diese Fronten waren durchweg so braun wie der märkische Sand, der auf allen ausgetretenen Pfaden zum Vorschein kam. Fronten von kleinen, eingeschossigen Häuschen im Schuhkartonformat, wenig Blumen, kaum Zäune. Mitunter entdeckte Martin ein selbtsgefertigtes Schild „Imbiß“ oder „Getränkemarkt“, die ersten Privatinitiativen ein halbes Jahr nach der „Vereinigung“, über die sich Martin bald eine eigene Meinung bilden sollte.

Er fühlte sich vom ersten Augenblick an wohl. Hier paßte er hin mit seinem VW-Bus. Hier brauchte er kein Coupé, um zu repräsentieren - will sagen: zu protzen. Dieses Land war wie er - es fing neu an!

Nach zwanzig Minuten, während der Martin mehr auf die Landschaft als auf den Verkehr geachtet hatte, war Neuruppin erreicht. Vorbei an einem offenbar stillgelegten Flugplatz stieß er bald auf eine breite, mit Kopfstein gepflasterte Hauptstraße - die Karl-Marx-Straße. Doch schon bald wurde er auf eine Umgehungsstrecke gelenkt, deren Rang er schwer einschätzen konnte. Da ließ er dem Querverkehr lieber den Vorrang. Ein junger Mann in einem blauen Polo überholte ihn und schüttelte mißbilligend den Kopf. Der Polo war beschriftet mit „Märkischer Anzeiger". War das die Zeitung, für die Katja arbeitete? Martin folgte dem Polo etwa 300 Meter bis vor die Tür der Redaktion.

Eine Viertelstunde später saßen Katja und Martin in einer kleinen Milchbar, die zwei kleine Tische vor die Tür gestellt hatte. Die Luft war erfüllt vom Geknatter all' der Trabis, die ohne Rücksicht auf Stoßdämpfer und Bereifung über die wellig verlegten Katzenköpfe der Karl-Marx-Straße peesten. Der Geruch der Zweitakter-Abgase erinnerte ihn an die Zeiten, da er noch mit dem Mofa zur Schule gefahren ist.

Die strahlende Vormittagssonne fiel direkt auf Katjas ungeschminktes Gesicht. Ein Gesicht, an dem die dunklen, fast tiefgründigen Augen auffielen, über denen die schwarzen, fein gezogenen Brauen in stetiger, aufmerksamer Bewegung waren. Martin ahnte, dass er sich diesen Augen auf die Dauer nicht würde entziehen können. Ihre ganze, kindfrauliche Erscheinung versetzte ihn in eine gewisse Aufregung. Das lag nicht zuletzt auch an der hellblauen Bluse, die nicht verbarg, dass sie darunter keinen BH trug.

Katja plauderte mit ihm, als ob sie sich jahrelang kennen würden. Schon bald kam sie zu einem Thema, das Martin von ihrer Bluse ablenkte.

„Ich höre übrigens beim ‚Märkischen Anzeiger' auf. Der ‚Ruppiner Allgemeine' hat mir ein Angebot gemacht, das ich nicht ablehnen konnte. Ich soll Rheinsberg übernehmen - als Redakteurin. Und die zahlen 100 Prozent west."

„Was zahlt der Märkische?"

„Zur Zeit noch 60 Prozent - Tendenz steigend. Tja, mein Freund. In 14 Tagen wird hier eine Stelle frei."

Kurze Zeit später waren beide wieder in der Redaktion. Katja nahm sofort das Gespräch in die Hand.

„Bernd, das ist Martin. Martin kommt aus Nordenham - du weißt, wo ich hospitiert habe - und ist Journalist."

Bernd, der Redaktionsleiter, mit dem hier offenbar niemand per „Sie" war, zog die Augenbrauen hoch. Er war der junge Mann, der ihn im Polo kopfschüttelnd überholt hatte.

„Das ist ja interessant. Wann könntest du denn bei uns anfangen?"

„Als was?"

Martin schlug das Herz bis zum Hals.

„Na, zunächst mal als Freier. Aber hier ist ziemlich viel los. Wer weiß was kommt."

„Was zahlt ihr denn die Zeile?"

„Wir haben hier Sonderkonditionen, weil wir gegen einen Konkurrenten kämpfen, der uns inzwischen schon die Leute abwirbt." - Bernd grinste Katja an. - „Wenn du direkt in den Computer schreibst und deine Texte nicht mehr umgeschrieben werden müssen, gibt es 70 Pfennige pro Zeile und 32 Mark für das Foto."

Das war weit mehr als doppelt so viel, wie in Nordenham. Leipzig war vergessen.

„Na, denn: willkommen an Bord!"

Katja klopfte Martin auf die Schulter.

„Komm! Ich zeige dir die Redaktion."

Abgesehen von dem Raum, in dem Bernd arbeitete, und dem Sekretariat bestand die Redaktion aus einem schlauchlangen Raum und einem weiteren an dessen Ende. Durch die heruntergelassenen Jalousien blickte man auf einen Hinterhof, auf dem zahllose mannshohe Ballen gepreßten Altpapiers lagerten. Gleich nebenan wurde gerade eine alte Druckerei „abgewickelt", erfuhr er beiläufig von Katja. Die Redaktion war bestückt mit billigen Schreibtischen, von denen das Furnier abplatzte. Zweimal waren je zwei Schreibtische gegeneinander gestellt. Den vier Arbeitsplätzen standen zwei Computer zur Verfügung. Im Nebenraum stand ein weiterer. An einem der Geräte saß eine junge Frau, die aussah, als habe sie eben noch die Filmrolle als die Gespielin von „Arpad, dem Zigeuner" besetzt. Groß, sehr schlank, ein sehr langes Gesicht, aus dem eine riesige Hakennase ragte, dunkle, große, unruhige Augen, buschig geschwungene Augenbrauen und wuchtiges, wirres, tiefschwarzes Haar. Mit zwei Fingern bearbeitete sie die Tastatur, derweil sie ihre Zigarette nicht aus dem Mundwinkel entließ.

„Das ist Martin, Journalist aus Norddeutschland. Er fängt heute hier an.", stellte Katja ihn vor.

„Hey! Find ich gut, wir können Verstärkung gebrauchen, nachdem du uns ja verläßt."

Martin hatte das Gefühl, dass man Katja den Wechsel ein wenig übel nahm. Herein kam eine mollige, burschikose Frau um die Fünfzig.

„Aha, also noch ein Wessi hier bei uns. Naja, mir soll's recht sein. Unsere Wessis sind eigentlich ganz prima. Ich bin die Matthilde."

„Ja, ja.", stöhnte Susanne, „Arpads Gespielin", „Dein Wessi - mein Wessi, Wessis sind für alle da. Ich komme übrigens aus Bad Kreuznach."

Katja setzte noch einen drauf:

„Ich habe nichts gegen Wessis - jeder sollte einen haben."

Martin wußte nicht so recht, wie er reagieren sollte.

„Ihr werdet schon sehen, was ihr davon habt", brachte er hervor.

„Wir sind gespannt", preßte Susanne grinsend durch die Lippen, die schließlich noch eine Zigarette zu halten hatten.

Inmitten einer der beiden Schreibtischblocks ragte ein Telefon zwischen mehreren Stapeln Papier hervor.

„Kann ich mal zu Hause anrufen. Ich brauche wohl etwas Wäsche. Scheint so, als ob ich länger hier bleibe."

„Na klar - wenn du nach Wessiland durchkommst. 0049 vorwählen und Geduld mitbringen."

Im Rupppiner See spiegelten sich die Abendsonne, die uralte Wichmann-Linde und die Klosterkirche. Katja hockte auf dem Luftkasten irgendeines Ruderbootes, das angekettet am Ufer lag. Martin saß auf der Ruderbank, hielt die Pfeife in der einen und eine Flasche Bier in der anderen Hand. Seit einer Stunde saßen sie so und erzählten. Das heißt: Katja redete und Martin genoß seine Pfeife beim Zuhören.

Sie erzählte von Friedensgebeten in der Klosterkirche, von der Umweltverschmutzung durch die Russen, von Bombenresten in den Wäldern Brandenburgs, von der wahrscheinlich stasibelasteten Bürgermeisterin, von 1200 Entlassungen bei einer großen Neuruppiner Firma. Das alles klang in Martins Ohren wie ein einziges großes Abenteuer. In Nordenham hatte er von Sitzungen der Kreisbauernschaft berichtet und vom Osterfeuer. Er konnte es gar nicht abwarten, morgen früh in der Redaktionskonferenz zu sitzen.

„Sag mal," fragte sie unvermittelt, „wollen wir nicht kurz baden gehen?"

„Hier? - Ich habe keine Badehose dabei!"

Katja lächelte - aber nicht amysiert oder belustigt, sondern verständnisvoll.

„Die brauchst du nicht."

„Aha!"

Martin fiel es nicht ganz leicht, seiner Reaktion eine gleichgültige Wirkung zu verleihen. Gewiß war sein Leben bislang alles andere als langweilig verlaufen. Allein - reich an erotischen Abenteuern war es nie gewesen. Seine Noch-Frau war in einer Familie groß geworden, wie sie katholischer nicht sein konnte. Und also spielte sich für sie Nacktheit nur in den eigenen vier Wänden ab. Nicht einmal bei ihrem Urlaub auf Sylt wäre Claudia auf den Gedanken gekommen, auch nur das Oberteil ihres Bikinis abzulegen.

Und nun saß er hier auf einem Boot an einem zwar zur Zeit menschenleeren, aber durchaus der Öffentlichkeit zugänglichen Uferabschnitt des Ruppiner Sees, und dieses junge, auf Martin so über die Maßen aufregend wirkende Mädchen begann, sich in aller Ruhe zu entkleiden. Erst streifte sie die Schuhe ab, dann war die Jeans dran ... und Martin schlug das Herz bis an den Hals. Es war etwa ein Dreivierteljahr her, dass er das letzte Mal mit Claudia zusammen war. Und soviel war ihm jetzt schon klar, da Katja begann, ihre Bluse aufzuknöpfen: nicht ein Erlebnis mit seiner „Ex" würde je an diese Sekunden heranreichen.

Als die Bluse aufgeknöpft aber noch nicht ausgezogen war, stemmte Katja die Fäuste in ihre Hüften, legte den Kopf auf die Schulte und fragte:

„Na, worauf wartest du?"

Martin begann damit, seine Schnürsenkel zu lösen, obwohl es ihn mächtig ärgerte, dabei kurzfristig den Blick von Katja abwenden zu müssen. Auf der anderen Seite fand er so die Ablenkung, die er brauchte, um sich zu beruhigen. War ihm doch daran gelegen, Katja zumindest äußerlich nichts von seiner Aufgeregtheit erkennen zu lassen! Katja entledigte sich inzwischen als letztes ihrer Uhr. Für vielleicht eine Sekunde stand sie aufrecht vor ihm. Der silbrig schimmernde See verlieh ihrer Figur eine gleißende Aura. ‚Die besten Fotos werden halt nicht gemacht‘, dachte er sich und ärgerte sich sofort, diese Sekunde nicht intensiver genossen zu haben. Denn schon drehte sie sich um und sprang per duchaus sehenswertem Kopfsprung in den See.

Zu Fuß machten sich die beiden eine halbe Stunde später auf den Weg in Katjas Bude. Vornehmer konnte man ihre Behausung beim besten Willen nicht bezeichnen, denn Katja war in einer Garage untergebracht. An diese Garage im hinteren Teil eines großen Grundstücks hatten die Vermieter - als Eigentümer eines Wohnhauses in Gildenhall gewiß vormals Angehörige einer privilegierten Schicht in der klassenlosen Gesellschaft - eine Naßzelle mit WC angebaut. So war eine Einraumwohnung mit einer drei Meter breiten Eingangstür entstanden, die nun keinem Wartburg mehr Einlaß zu gewähren brauchte. Für diese Unterkunft, schlecht beheizt und so gut wie nicht isoliert, berechneten die durch die Wende gewiß nicht in derbe Not geratenen Vermieter 500 Mark als Warmmiete. Es gibt immer solche, die an einem zusammengebrochenen Markt profitieren. Aber wie man auf eine entfesselte Nachfrage reagiert, die auf einen bislang de facto nicht existierenden Markt stößt, hatten jene Vermieter offenbar rasch erkannt. Was aber besonders wurmte, war die Tatsache, dass gerade jene die Profiteure sind, die schon vierzig Jahre lang wie die Made im Speck gelebt haben. Wer sagt da, Geschichte wiederhole sich nicht?

Doch derartige Gedanken bewegten Martin an jenem frühen, lauwarmen Sommerabend nicht. Wie genoß er die Zeit gemeinsam mit diesem aufregenden Mädchen! Im Grunde war ihm völlig unbegreiflich, was Katja, die in seinen Augen immer schöner wurde, eigentlich an ihm fand. Aber halt! Noch fand sie doch gar nichts an ihm. Es gab schließlich keinen Grund, von einem angeregten Gespräch auf einem Ruderboot und einem kurzen Bad auf mehr zu schließen. Wollte er denn überhaupt mehr? War Katja denn ein Mädchen für ihn? Fragen, die er sich zwar stellte aber nicht beantworten wollte. Jetzt fühlte er nur intensiv ihre Hand in seiner - eine ungewöhnlich starke Hand. Sie plauderten irgend etwas, doch Martin hörte sich selbst nicht zu. Er wußte nicht, ob er sich vor dem Ende dieses Weges durch das nur vom Vollmond beleuchtete Gildenhaller Wäldchen fürchtete, oder ob er sich auf die Garage von Katja freuen sollte. Vor der Garage stand sein Bulli. An ihn lehnte sich ein junger Mann in zerschlissenen Jeans und einem Holzfäller-Hemd, das zur Hälfte aus der Hose hing. Er rauchte eine selbtsgedrehte Zigarette, die er nicht aus dem Mund nahm, als er uns sah. Das erste, was Martin an ihm auffiel, war sein starkes Kinn und seine lustigen Augen. Und dann erschien hinter dem Bus ein kleines, etwas pummeliges Mädchen mit langen, lockigen, rotblonden Haaren.

„Mensch - da seid ihr ja endlich!"

„Hallo!" Katja freute sich sichtlich über den Besuch.

„Das ist Markus -"

„Hey!"

„- und das ist Beate!"

„Freut mich!"

Beate streckte Martin ihre kleine Hand entgegen und sah ihm dabei aus stahlblauen, freundlichen Augen offen und gerade ins Gesicht.

Kaum, dass sie alle in der Garage einen Platz gefunden hatten - Markus saß auf einem leeren Getränkekasten -, da war auch schon eine Rotweinflasche geöffnet. Irgendwie fanden sich vier Gefäße, sei es ein Wasserglas, sei es eine Kaffeetasse, aus denen sich Rotwein trinken ließ. Auch ein Gespräch war schnell gefunden. Schließlich waren Beate und Markus Kollegen vom „Ruppiner Allgemeinen", der Zeitung, zu der Katja bald überwechseln würde. Die Zeit verging und Martins Gedanken schweiften ab.

Es war unglaublich! Gerade mal zehn Stunden war er hier in diesem Neuruppin, und er hatte einen Job und - ja! - und Freunde. Martin fühlte sich wie zu seiner Studentenzeit. Und tatsächlich hätte diese Szene auch in irgendeiner Studentenbude stattfinden können. Denn so, wie Studenten aus allen Richtungen zusammenkommen, mit wenig Gepäck und offenen Armen für alles und jeden, so saßen hier vier mehr oder minder jugendliche beisammen und klöhnten, als ob sie sich schon seit Jahren kennen würden.

Nur, dass diese „Jugendlichen" schon einen etwas längeren Weg hinter sich hatten, als den bis zum Abitur. Markus hatte sein Jurastudium abbrechen müssen, als er mit Taxifahren nicht mehr genug Geld verdienen konnte. So war er bei der Zeitung in seinem Heimatort irgendwo im Ruhrgebiet gelandet. Der Verlag aber hatte vor einigen Monaten diese Redaktion geschlossen und ihm gleichzeitig den Job in Neuruppin angeboten.

Beate hatte Journalismus so von der Picke auf gelernt, wie das in der DDR üblich war: Studium in einer schon damals als purpurrot angesehenen Journalistenschule in Leipzig. Dann kam die Wende und mit ihr zunächst die Arbeitslosigkeit. Doch bald bot ihr ein Verlag eine Redakteursstelle an, mit dem Versprechen, sie schon in Kürze in einer neuen Redaktion in Bernau nahe ihrer Heimatstadt Berlin zu plazieren. Doch es kam anders. Die Bernauer Redaktion ist bis heute nicht aufgemacht worden. So wurde sie in Neuruppin untergebracht. Dass sie Zuhause einen Mann und eine kleine Tochter hatte, davon sprach sie nicht.

Es war wohl beinahe Mitternacht, als die beiden sich verabschiedeten. Katja schloß das Garagentor, und Martin stand bereits auf, um sich in seinen Bulli zu trollen. Doch Katja meinte nur:

„Bleib doch noch etwas."

Und sie sagte das in dem belanglosen Ton, mit dem sie auch „Laß uns doch baden gehen!" gesagte hatte...

Als sich Martin am nächsten Morgen in den Bulli setzte, um in die Redaktion zu fahren, hielt er erst noch eine kurze Zeit inne, ehe er den Schlüssel drehte. Er konnte noch nicht recht fassen, was da geschehen war. Noch hatte er im Ohr, wie Katja zu ihm sagte:

„Du verstehst es, eine Frau verliebt zu machen. Deine unverfängliche Zärtlichkeit ist das wohl, der man nicht widerstehen kann, weil man glaubt, ihr nicht widerstehen zu müssen."

Es war ihm in diesem Moment völlig gleichgültig, wie sich die Beziehung zu Katja weiterentwickeln würde. Nein, das wäre gelogen. Es lag ihm schon daran, noch eine Weile mit Katja zusammen zu sein. Sie war so haargenau der Typ, von dem er immer geschwärmt hatte: Schwarze Haare, frauliche Figur, weiblich aber dennoch emanzipiert. Aber es war ihm auch klar, dass dieser Typ Frau - oder besser: Mädchen - im Grunde nicht sein Typ war. Solchen Frauen war er eigentlich nicht gewachsen. Und wenn schon ... Für ihn zählte jetzt nur die eben vergangene Nacht, die ihm so viel von seinem verlorenen Selbstbewußtsein wiedergegeben hatte. Und er nahm sich vor, ihr irgendwann einmal zu sagen, dass er ihr vor allem für diese Worte, die ihm nicht aus dem Sinn gingen, ein Leben lang dankbar sein würde.

Es muß wohl dieser Geruch von Bohnerwachs gewesen sein, der Martin hier in Neuruppin stets und überall an seine frühe Kindheit erinnerte. Auch in der Redaktion roch es nach Bohnerwachs. Zwei Stufen ging es hinauf in den kleinen, quadratischen Flur, von dem aus es nach rechts in die Anzeigenabteilung und nach links in das Büro der Redaktionssekretärinnen ging. Martin hatte schon genügend Redaktionen von innen gesehen, um zu wissen, dass Redaktionssekretärinnen in der Regel eine besondere Rolle im hierarchischen Gefüge eines Journalistenteams einnehmen. Daß diese Redaktion gleich zwei Sekretärinnen beschäftigte, war allerdings außergewöhnlich.
Matthilde begrüßte ihn völlig selbstverständlich.
„Na, Martin, geh mal gleich zu Bernd durch. Ein paar sitzen schon da beim Kaffee. - Ach, das ist übrigens Kerstin.“
Kerstin saß am ersten der beiden Schreibtische und sah Martin zurückgelehnt und ein wenig skeptisch an. Ein frauliche, vom Leben offenbar ein wenig gezeichnete aber im Grunde hübsche Frau so Mitte vierzig saß da vor ihm. Er fragte sich, wie sie wohl mit zwanzig ausgesehen haben mag und kam mit sich überein, dass sie sehr hübsch gewesen sein muß. Ihre rundlichen Züge des Gesichts und der Hände ließen das vermuten. Auch hatte sie immer noch eine zwar etwas mollige aber durchaus ansprechende Figur. Nach dem zunächst abschätzenden Blick begrüßte sie Martin mit einem mütterlich freundlichen Lächeln

per Handschlag. Da Martin nicht mehr als „Ich bin hier der Neue" zu sagen wußte, verkrümelte er sich alsbald in den Raum des Redaktionsleiters. Dort saßen Susanne, ein schmächtiger, nicht mehr ganz junger Mann, der ihm als Gerd vorgestellt wurde, ein dickbäuchiger Mann um die Fünfzig, Georg, den er sich besser hinter dem Schalter eines Bahnhofes dritter Ordnung hätte vorstellen können, und Bernd. Es wäre ihm lieber gewesen, wenn Katja dabei gesessen hätte, aber die hatte heute frei. Sie mußte noch Überstunden abfeiern. Naja, vielleicht war es auch besser so.

Sie saßen rings um einen nierenförmigen, flachen Tisch zum Teil auf einem knarrenden Sofa, auf zeschlissenen Polstersesseln oder auf Bürostühlen. ‚Jetzt fehlt nur noch die Lenin-Büste', dachte Martin bei sich und ertappte sich zum ersten Mal dabei, richtiggehend wessimäßig zu denken. Aber er hielt sich zugute, dass er diese seine wessihafte Haltung selbst bemerkt hatte. Eines aber stand für ihn sofort fest: auf dem Holz-drehstuhl, der noch frei war, fühlte er sich tausendmal wohler, als in irgendeinem Ledersessel in einem modernen Büro.

Martin beabsichtigte, sogleich ein Image von sich aufzubauen, zu dem eine Pfeife gehörte. Und folglich machte er sich in aller Gemütsruhe daran, sie zu stopfen, derweil man begann, die Themen des Tages zu besprechen. Ihm fiel sofort der Begriff „Vorbauseite" auf und lernte, dass nicht alles, was heute geschrieben würde, auch morgen im Blatt war. Aus technischen Gründen mußte eine Seite einen Tag früher fertiggestellt werden - jene Vorbauseite. Zu allem Überfluß war diese Vorbauseite heute auch noch eine Sonderseite für den Samstag. Und dann hörte er Bernd fragen:

„Martin, willst du nicht die Sonderseite schreiben?"

Und Martin hörte sich antworten:

„Ich weiß zwar nicht, was eine Sonderseite ist, aber meinetwegen!"

Am Abend wußte er es. Mehrere Interviews hatte er geführt und auf dem Weg dorthin dank zahlreicher Irrungen ganz Neuruppin kennengelernt. Freundlich und aufgeschlossen war er stets empfangen worden, doch immer hatte er den Eindruck, seine Gesprächspartner würden am liebsten jeden Satz mit „Sie können das nicht wissen, aber ..." beginnen. Am Nachmittag hatte er in der Redaktion eine Reihe von Gesprächen mit Kollegen geführt, bevor er sich dann an den Computer setzte, der im ersten Sommer nach der Wend gerade mal die Schreibmaschine ersetzte. Nach Fertigstellung des Artikels mußte er sich daran machen, mit dem Finger auf dem Bildschirm die Zeilen zu zählen. Das „Spiegeln", also die Gestaltung der Sonderseite mit dem Bleistift auf einer Layoutvorlage, gestaltete sich ähnlich kompliziert. Hier kam ihm allerdings die rassig fahrige Susanne zur Hilfe. Taschenrechner und Lineal machten es schließlich möglich, die Überschriftenhöhe korrekt einzuzeichnen und die Zwischentitel korrekt zu positionieren. Als gegen 17 Uhr die Seite fertig war, hatte Martin 450 Zeilen und drei Fotos verkauft und damit ein Honorar erwirtschaftet, für das er in Nordenham zwei Wochen hätte schuften müssen. Und hinzu kam noch das Lob von Bernd: „Ich glaube, wir müssen mal mit Herrn Jost über dich sprechen." Herr Jost war, wie Martin alsbald erfuhr, Ressortleiter für die Lokalredaktionen der Zeitung und somit für die Einstellung von Redakteuren zuständig.

Ein wenig geschafft aber stolz und erwartungsfroh fuhr Martin nun über die lange Brücke zwischen Neuruppin und Gildenhall Katjas Garage entgegen. Aber Katja war nicht zu Hause. Auf dem kleinen Tisch vor ihrem Bett lag ein Zettel: „Habe heute Abend etwas vor - warte bitte nicht auf mich."

Martin wußte nicht, was er denken sollte. Freute sie sich denn nicht genauso auf ihn? Versprach er sich zu viel von dieser Beziehung? Was sollte er jetzt mit dem Abend anfangen? Er kannte hier doch niemanden außer Katja.

Martin setzte sich wieder in seinen Bulli und fuhr einfach drauflos. Diese märkische Landschaft übte eine seltsame Wirkung auf ihn aus. Hier war alles ein wenig rauher. Die Wege waren holpriger und staubiger, die Bäume knorriger und älter, das Grün trockener, die Häuser verwitterter, als in den Gegenden, die er kannte. Dieser erste Eindruck sollte Bestand haben für die gesamte Zeit, die er in Neuruppin verbringen sollte. Stets hatte er den Eindruck, dass das Leben hier den Menschen eine größere „Grundhärte" abverlangt. Nichts war so komfortabel, so gefällig, wie in Westdeutschland. Wo er auch hinkam, alles war ein wenig rauher, ungeschlachter. Die stinkenden Trabis, die ratternden Registrierkassen in den kleinen, muffigen HO-Läden, die schweren Eingangstüren zu den Rathäusern. Hier war nicht die Viertakter-Laufruhe, keine Förderbände für die eingekauften Lebensmittel, keine selbsttätig öffnenden Glastüren. Die Landschaft paßte dazu. Wenn hier die Sonne schien, brannte sie, wenn es fror, dann klirrend, wenn es regnete, war das Wetter völlig trostlos. Für sich gesehen lauter Kleinigkeiten, die sich aber zu einem Gesamtbild addierten, in dem Lackschuhe, Zweireiher und polierte Limousinen keinen Platz hatten. Hier war die Gegend für Turnschuhe und Jeans - hier fühlte er sich wohl, wenn auch in diesen ersten Tagen noch ziemlich einsam.

Am Ufer irgendeines der zahllosen Seen machte er halt, setzte sich ins trockenen Gras und dachte nach. Er beobachtete, wie der Wind die Blätter an den Bäumen wendete, die so mal mit ihrer dunklen, mal mit ihrer hellen Seite das Licht reflektierten. Dieses Hochsommerlicht in den Bäumen erfüllte ihn ein wenig mit Wehmut. Die Schatten auf dem matten Lack seines Bullis erkannte er wieder als die, die er an den Wänden beobachtet hatte, als ihm als Kind auch bei schönstem Wetter ein Mittagsschlaf verordnete worden war. Das Rauschen der Bäume erinnerte ihn an die Wäsche, die seine Mutter an eine Leine zwischen zwei Bäumen aufzuhängen pflegte. Wie weit entfernt war er von dieser Zeit und diesem Ort!

Es dauerte eine Weile, bis er sich darüber klar wurde, dass er sein Leben hier nicht auf Katja würde aufbauen können. Er mußte sich einen ganz neuen Bekanntenkreis erschließen. Viel später erst wurde im klar, dass auch das nicht genügte. Martin mußte sich selbst neu aufbauen, und er sollte sein Leben und seinen neuen Freundeskreis erst genießen, als er sich selbst genug war und die Freunde als Lebensinhalt nicht mehr brauchte. Doch bis dahin war noch ein langer Weg.

Als Martin an diesem Abend seinen Bulli vor Katjas Garage abstellte, stand die Sonne schon sehr tief. Katja war noch nicht zurück, und so widmete er sich dem Programm im Autoradio und einem Buch. Er machte es sich auf der Liege im Bulli bequem und versuchte zu lesen. Doch seine Gedanken wanderten immer wieder zu Katja und seine Blicke immer wieder zum Garagentor. Irgendwann - schon im Halbschlaf - hörte er draußen im Dunkeln Schritte. Das mußte sie sein. Fast atemlos sprang er aus seinem Wagen. Vor ihm stand Katja - und ein Mann, den er nicht kannte.

„Hallo, Martin", begrüßte sie ihn kameradschaftlich, „das ist Reinhard."

Die beiden schüttelten sich die Hände, Martin stammelte gerade noch:

„Na - dann, äh, will ich euch nicht länger stören", und kletterte wieder in seinen Campingbus. Er hörte noch, wie die Garagentür schäppernd ins Schloß fiel.

Er traf Katja erst am nächsten Morgen in der Redaktion wieder. Während der morgendlichen Konferenz beachtete er sie kaum - oder besser, er gab sich Mühe. Um so mehr freute er sich, als Katja die erste Gelegenheit wahrnahm, um ihn anzusprechen:

„Du, Martin, ich hätte heute morgen gerne mit dir gefrühstückt."

„Na, dann laß uns doch heute mittag nachholen", entgegnete Martin betont locker, derweil sein Herz einen Salto machte.

Als das Schnitzel vertilgt war, kam Katja zum Thema. Martin hatte Mühe, mit Gelassenheit über das gestrige Zusammentreffen zu sprechen. Schließlich zog Katja ein Fazit:

„Weißt du, Martin, ich habe dich wirklich gern. Ich unternehme gerne etwas mit dir, bleibe auch gerne bis zum Frühstück mit dir zusammen. Aber erhebe bitte keinen Ausschließlichkeitsanspruch auf mich. Dazu bin ich noch zu jung."

Martin war klar, dass sie recht hatte. Er hielt sich an diese Abmachung, so gut es ihm gelang. So vergingen Tage und Wochen. Bereits wenige Tage nach diesem klärenden Gespräch war er mit ihr zusammen nach Butjadingen gefahren, um seine Möbel zu holen. Im Haus des Märkischen war ein Zimmer frei geworden. Es sollten nicht die einzigen Unternehmungen werden, die er mit ihr zusammen erlebte. Doch als ob es ihr Prinzip gewesen wäre, Katja tauchte immer dann bei ihm auf, wenn er nicht damit rechnete.

Sie war inzwischen längst beim „Ruppiner Allgemeinen". Martin blieb dem „Märkischen Anzeiger" treu. Seine Arbeit in dieser Redaktion war für ihn eine einzige Sensation. In den wenigen Wochen war es ihm gelungen, sich eine geachtete Position aufzubauen. Seine „Schreibe" und seine Fähigkeit, in kürzester Zeit eine Reportage zu recherchieren und ins Blatt zu bringen, brachten ihm die Achtung des Teams ein. Ein Team in dem er bald jenen schmächtigen Kerl namens Gerd und die urige Susanne zu seinen Freunden zählte. Auch mit Bernd traf er sich manches Mal nach Feierabend.

Noch mehr aber faszinierte ihn die Clique vom „Ruppiner Allgemeinen", mit der er über Katja regelmäßig Kontakt hatte. Die Abende mit den „Ruppis" waren immer besonders amüsant. Das lag wohl vor allem daran, dass sie mehr Ausstrahlung hatten, als die vom Märkischen. Da war der witzig, charmante, etwas wirr wirkende Markus und die kess frische, intelligente Beate, die aussah, als sei sie eine von der Kelly-Family. Bald lernte er noch das Pärchen Dieter und Evelyn kennen. Dieter war ein romanischer Typ, groß, hager, eine lange Hakennase, und obwohl er gerade Anfang Dreißig war, war sein Haar bereits graumeliert. Mit seinem Gang - große Schritte, ein wenig gebeugt und wippend - machte er Henry Fonda Konkurrenz. Irgendwann muß er für sich beschlossen haben, ein harter Hund zu sein, und er spielte diese Rolle recht gut. Dass er doch ganz so hart nicht war, zeigte die Tatsache, dass er dem Streß als Sportjournalist des „Ruppiner Allgemeinen" nicht ganz gewachsen war. Nicht, dass seine Arbeit darunter gelitten hätte, doch nach getaner Arbeit war er mitunter schwer zu ertragen. Vor seinen Zornesausbrüchen mußte man auf der Hut sein. Seine Freundin Evelyn war ein zierliches, sehr hübsches Mädchen. Martin hatte nie zuvor ein Mädchen gekannt, auf das der Begriff „Kindfrau" besser paßte. Ihre Statur und ihr Gesicht ließen auf eine fünfzehnjährige schließen, und tatsächlich war sie gerade Anfang zwanzig. Sie beanspruchte, jedoch eine erwachsene, ja reife Frau zu sein. Dazu aber reichte es nicht ganz. Allzuoft verlor sie die dazu notwendige Haltung. Wenn man sie aber als einen Kumpel nahm, auf den man sich jederzeit verlassen konnte, dann hatte man ihre Stärken erkannt. Journalistin war sie lediglich aus Sympathie zu ihrem Dieter. Im Grunde hatte sie mit diesem Beruf nichts am Hut.

Vom ersten Kontakt mit diesen Leuten an empfand Martin es als besonders erstrebenswert, bei ihnen anerkannt zu sein. Letztlich ist ihm das nie ganz gelungen, wenn es auch in diesen Tagen danach aussah.

Ihm entging nämlich nicht, dass die „Ruppis" ihn und seine Arbeit genau beobachteten. Stets waren sie über seine Artikel im Bilde und versäumten natürlich auch keine Gelegenheit, um in einen Scherz verpackte, kritische Anmerkungen dazu zu machen. Dennoch fühlte Martin sich geschmeichelt und in seiner Arbeit bestätigt. Katja verlor er zwar trotz der zahlreichen neuen Freunde nie aus den Augen, doch ihre Bedeutung für ihn nahm ab. Lange Zeit hat er sich gefragt, ob Katja ihre Zurückhaltung ihm gegenüber bewußt lanciert hat, weil sie wußte, dass es für Martin wichtig war, sich auch dank weiterer Freunde in Neuruppin einzuleben. Schließlich aber kam er zu dem Ergebnis, dass sie ihr Verhalten nicht so intensiv reflektierte, oder besser, auch wenn es ihm weh tat: so wichtig war Martin für Katja einfach nicht.

Es wurde Herbst in Neuruppin. Martin wohnte immer noch in dem mietfreien Zimmer über der Redaktion. Inzwischen gelang es ihm problemlos, den einen oder anderen Abend alleine in seinem Zimmer zu verbringen. Ja, mitunter nervte es ihn sogar ein wenig, wenn kaum, dass er Licht in dem großen, hohen Raum gemacht hatte, in Ermangelung einer Klingel ein Stein gegen die Scheibe flog und unten Bernd oder Gerd stand, um ihn in den „Pub", der einzig besuchbaren Kneipe in Neuruppin, abzuschleppen. Gleichwohl hat er nicht eine dieser Einladungen ausgeschlagen.

Heute aber war ihm danach, auf eigene Faust in den Pub zu gehen. So warf er sich in seinen langen, weißen Trenchcoat, dessen lässige Wirkung ihm vor allem in Verbindung mit seiner Pfeife durchaus bewußt war. So vergaß er selten, sich eine Pfeife kurz vor dem Eintreffen in den Pub anzuzünden, auch wenn die Wirkung seines Auftrittes nicht selten verpuffte, weil niemand seiner Freunde im Lokal war.

Als er die Redaktion des „Ruppiner Allgemeinen" passierte, steckte seine Pfeife noch in der Manteltasche. Er entschloß sich, den dreien, die da noch an ihren Geräten saßen, einen kurzen Besuch abzustatten. In den einzigen Redaktionsraum gelangte man über eine ausgetretene Stiege durch eine stets nur zur Hälfte zu öffnende, verwitterte Flügeltür hindurch und dann rechts ab durch eine niedrige Tür, hinter der sofort wieder eine Stufe abwärts lauerte. Kenner der Redaktion erkannte man daran, dass sie beim Eintreten nicht stolperten. Der Raum war gekennzeichnet von der Arbeitswut, die bei einer jungen Zeitung, besetzt ausnahmslos mit jungen Leuten üblicherweise chaotische Züge annimmt. Die eng aneinander gestellten Schreibtische waren derart überhäuft mit alten Zeitungen, Informationsmaterial, zerknitterten Spiegeln, verkratzen Negativen und überfüllten Aschenbechern, dass die Tastaturen nach getaner Arbeit aus Platznot auf den Terminals abgelegt werden mußten. Es gab Mitarbeiter bei den „Ruppis", die legten ob dieses Platzmangels zum Schreiben die Tastatur auf ihre Knie. Jeder Quadratzentimeter der Wände war beklebt mit mehr oder minder originellen Zeitungsausschnitten, Fotos oder Karikaturen, die den hier wirkenden Journalisten irgendwann einmal wichtig waren, und die abzuhängen man vergessen hatte. Kurz: diese Redaktion war für Martin von genau der Romantik, die er sich von den demgegenüber geradezu sterilen Büroräumen des „Märkischen Anzeigers" wünschen würde.

Katja, Dieter und Markus begrüßten ihn ungewohnt erfreut.

„Du kommst genau richtig - setz dich mal da hin!", wies ihn Dieter bestimmt an.

Martin gehorchte und wurde mächtig neugierig.

„Sag mal, Martin, was hältst du eigentlich von Sportjournalismus."

Martin begann zu ahnen, was auf ihn zukam. Er wußte, dass er jetzt nicht sagen durfte, was er tatsächlich davon hielt. Dafür kannte er die Medienlandschaft in und um Neuruppin inzwischen zu gut. Er wußte, dass der Verlag, zu dem der „Ruppiner Allgemeine" neben der „Oranienburger Tageszeitung" gehörte, ein weiteres Tageblatt in Gransee, der Neuruppin nächstgelegenen Kreisstadt, aufmachen wollte. Und er wußte, dass in Gransee noch ein Sportjournalist gesucht wurde. Er wollte den beiden - Katja war inzwischen nur noch Zuhörerin - zeigen, dass er auf Draht ist.

„Es geht um Gransee, richtig?"

„Richtig."

Martin senkte den Kopf und grimelte in sich hinein. Auf ein Angebot, in diesem Team mitzuarbeiten, hatte er sehnsüchtig gewartet. Aber mußte es ausgerechnet Sport sein?

„Zu welchen Bedingungen?", wollte er wissen.

„Du kriegst einen Vertrag als Pauschalist. Deinen Preis mußt du selbst aushandeln."

Drei Augenpaare sahen ihn gespannt an. Martin lag weiterhin daran, seine Kenntnisse zu präsentieren, auch wenn sie so intim nicht waren, als dass sie die beiden „Ruppis" beeindruckt hätten.

„Jeden Tag eine Seite?"

„Mmhmm!", bestätigte Dieter, „und dreimal die Woche Umbruch in Oranienburg."

„Umbruch?"

„Ja, so nennt man die Produktion der Seiten - Herr Kollege!"

Martin dachte kurz nach, atmete tief durch und sagte:

„Also, interessiert bin ich. Mit wem handele ich den Preis aus?"

„Mit dem zur Zeit noch in Iserlohn arbeitenden Chefredakteur des Verlages, Herrn Czernik."

Es wurde für Martin ein kurzer Abend. Man wanderte noch in den Pub, unterhielt sich über Journalismus im allgemeinen und Sport im speziellen, doch Martin verabschiedete sich ganz entgegen seiner Gewohnheit schon früh. Er mußte nachdenken.

Nun lag er auf seiner ausgeklappten Couch in seinem dunklen Zimmer. Beleuchtet wurde es nur von der Anzeige seines alten Radios und der Straßenbeleuchtung der August-Bebel-Straße. Eigentlich gab es da nichts zu überlegen. Da war zum ersten Mal im Laufe seiner Zeit als Journalist ein Verlag, der ihm einen Vertrag anbot. Außerdem würde er eine völlig neue Zeitung von Null an aufbauen. Und schließlich würde er mit Dieter, Katja, Markus und Evelyn in einem Team arbeiten. Warum also zögerte er überhaupt noch? Er beschloß, am nächsten Tag nicht zu arbeiten. Dafür war er schließlich freier Mitarbeiter.

Er fuhr nach Gransee am nächsten Morgen, wollte sich seine zukünftige Wirkungsstätte anschauen. Es regnete, und also war Gransee besonders trostlos. Hier wollte er nicht tot über einem Zaun hängen, dachte er sich, doch gerade deswegen reizte es ihn besonders. Wieder entdeckte er eine gewisse Heroik darin, in dieser gottverlassenen Gegend „seinen Mann zu stehen". Gransee bestand in erster Linie aus einer grauen Geschäftsstraße ohne Geschäfte. Dazu kamen noch ein paar holprige Seitenstraßen. Eine davon verlief entlang des Kirchhofs. Ihr gegenüber lag die Redaktion des „Gransee-Booten". Sie war noch kleiner als die des „Ruppiner Allgemeinen". Die Schreibtische und die Computermodelle waren die gleichen, wie die in Neuruppin. Noch hatten die Kollegen nichts weiteres zu tun, als Infomaterial zu sammeln und die Software kennenzulernen. Doch schon in einer Woche sollte es losgehen, sollte die erste Ausgabe erscheinen. Würde er dabei sein?

Wesentlich lieber hätte er allerdings weiter in Neuruppin gearbeitet. Hier hatte er gerade ein paar Kontakte geknüpft. Doch die würden ihm ja beim Ressort Sport auch nicht mehr helfen. Es gab im Grunde kein zurück - nie würde er nein sagen können.

Gegen 17 Uhr war er wieder zurück in Neuruppin. Als er den ein wenig nachdieselnden Motor abstellte, sah Martin auf die Uhr. Jetzt würden sie in Oranienburg sein, um dort die Seiten zusammenzubauen. Unvermittelt ließ er den Bulli wieder an.

Der Verlag in Oranienburg war nicht schwer zu finden. Am Rande des Marktplatzes standen eine Reihe untereinander durch überdachte Zuwegungen verbundene Bürocontainer. Darin waren die Redaktionen der „Oranienburger Tageszeitung" untergebracht und die gesamte Technik für noch zwei, bald drei Tageszeitungen. Das bleiche Licht der Neonröhren, die die inzwischen im Dunkeln liegenden Container beleuchteten, fiel durch dichte Rauchschwaden hindurch auf die Reihen von Schreibtischen und Computer. Selbst die gewiß sehr wertvollen Geräte wirkten schäbig. Hier wurde Journalismus nicht betrieben, sondern gearbeitet. Und wieder beschlich Martin dieses merkwürdige Empfinden von Faszination. Das alles erschien ihm wie eine Polarstation oder ein vorgeschobener Posten in Sibirien. Hier konnte man wirklich nur schuften, Seiten „raushauen". Und genau dazu waren sie ja auch engagiert. Eine Kampftruppe in Feindesland.

Vor einem der großen Bildschirme saß Katja. Sie begrüßte ihn mit einem verschmitzten Lächeln. Anders reagierte Markus. Als er Martin sah, fiel er ihm um den Hals mit den Worten:

„Willkommen an Bord. Schön, dass du jetzt dazugehörst."

Jetzt gab es kein Zurück mehr.

„Komm, ich zeige dir die Technik."

Sie klapperten die Metalltreppen von einem Container herab und am dem gegenüberliegenden wieder hinauf. Dem Eingang gegenüber waren die beleuchteten Klebetische aufgestellt. Auf ihnen lagen die fertig ausgedruckten Seiten, darüber klebten die bereits gerasterten Bilder.

„Wenn eine Seite fertig ist, wird sie dort" - Markus zeigte auf die zur linken aufgereihten Drucker - „ausgedruckt und dann noch einmal Korrektur gelesen. In der Zwischenzeit" - und nun wies er auf eine verdunkelte Zelle zur Rechten - „werden dort die Bilder gerastert. Dann wird die Seite noch einmal ausgedruckt und auf die Klebetische gelegt. Dann päppt der zuständige Redakteur die Fotos - hoffentlich - auf den richtigen Freiraum. Die Technikerinnen kleben sie dann korrekt ein, und dann geht es zum Belichten. Die Seiten werden auf Folien belichtet, die dann in die Druckerei gehen."

Martin sah nur zu und sagte kein Wort. Hier würde er hautnah mit der Produktion auch seiner eigenen Seiten betraut sein. Hier würde er viel lernen.

„Und nun stelle ich dich dem Verlagschef vor, Herrn Krause."

„Ich dachte, das wäre der Herr Czernik."

„Nein, nein. Das ist der Chefredakteur."

„Und der kommt aus Iserlohn?"

„Ja, aber zwei bis dreimal im Monat kommt er rüber."

Der Außenposten wurde von der Etappe aus kommandiert.

Herr Krause war ein hagerer, ja unterernährt wirkender Mann, knapp zwei Meter groß. Die krankhaft blasse Haut wirkte im Neonlicht noch bleicher. Eingefallene Wangen, schmale Lippen, tief liegende, aber lebhafte Augen, die es schafften, seinem Begrüßungslächeln einen charmanten Ausdruck zu verleihen. Für den Verlagschef war alles klar. Martin erzählte ein wenig von sich und seiner bisherigen Laufbahn. Herr Krause erkundigte sich nach seiner Unterkunft und nahm dankbar zur Kenntnis, dass Martin ein Dach über dem Kopf hatte. Als Chef hatte er sich gerade in Neuruppin um die Wohnungsnot seiner Mitarbeiter zu kümmern. Katja wollte schließlich aus ihrer Garage raus, Markus hatte eine Anderthalbzimmerwohnung ohne Bad und einem WC auf dem Flur des Hauses, Dieter und Evelyn waren auf Verlagskosten in einem Hotel untergebracht.

Das Gespräch verlief locker. Markus saß auf einem Bürostuhl, ein Bein auf einem Beistelltisch und dreht sich eine Zigarette, Dieter kam dazu und setzte sich, ebenfalls eine Selbstgedrehte qualmend auf einen Schreibtisch. Hier in Ostdeutschland rauchte wohl jeder. Man kam auf mögliche weitere Standorte wie Bernau, Kyritz oder Wittstock zu sprechen. Martins Gedanken waren schon nicht mehr dabei. Da saß er nun am späten Abend zusammen mit Kollegen in einem häßlichen Büro-Container, und nichts drängte ihn nach Hause. Ihm wurde - wieder einmal - gewahr, dass dort, wo sein Bett stand, niemand auf ihn wartete. Keine Frau, keine Kinder. Doch war da keine Bitterkeits. Er war frei - wie wunderbar! Aber er war ohne Halt. Doch er hatte seine Arbeit. Und seit heute offenbar ein paar Freunde mehr. In dieser Zeit konnte er seine Empfindungen selbst nicht einschätzen.

Als sie sich auf den Heimweg machten, war es neun Uhr. Markus hatte sich zu ihm in den Bulli gesetzt. Er war begeistert von dem originellen Gefährt.

„So, Olle, jetzt besuchen wir noch kurz Bruno!"

Es war das erste Mal, dass Markus ihn „Olle" genannt hatte. Und wenn er auch nicht verstand, warum Markus die weibliche Form wählte, so gewann er diesen Kosenamen doch lieb und war ein bißchen stolz auf ihn. Er würde diese Anrede einmal sehr vermissen.

Markus sah geradezu gespenstisch aus, nur beleuchtet vom grünen Licht des Radiodisplays. Er redete und redete. Martin war außerstande, das alles zu behalten. Er sprach über Iserlohn, wo man ihm das Angebot für Neuruppin gemacht hatte, über seine Gewerkschaftsarbeit, die er auch hier fortsetzen wollte und dass er durchsetzen wollte, dass die elende Fahrerei nach Oranienburg aufhört, weil sich dabei noch mal einer zu Tode fahren wird, und... und... und.

Der Zugang zu Brunos Wohnung befand sich in einem Hinterhof. War das Tor zu diesem Hof abgeschlossen, gab es keine Möglichkeit, Bruno auf sich aufmerksam zu machen. Aber die schwere Holztür war nicht abgeschlossen. Markus und Martin schlenderten über den Hof zu einer schmalen Eingangstür, hinter der ein ebenso schmales, schlecht beleuchtetes Treppenhaus vorbei an ungetünchten Wänden hinauf zu Brunos Wohnung führte.

Er stand schon in der Tür und begrüßte Markus herzlich.

„Und du bist der Martin, unser neuer Kollege?", begrüßte Bruno ihn offen und freundlich. Völlig selbstverständlich drückte er ihm eine Bierflasche in die Hand.
„Brauchst du einen Öffner, oder genügt dir ein Feuerzeug?", erkundigte sich Markus.
„Nun,", erwiderterte Martin, „das wäre die erste Bierflasche, die ich nicht zu öffnen vermochte. Ich habe immer ein Taschenmesser bei mir."
„Ah, was ein rechter Junge ist, der hat ein Schweizer Messer dabei", flachste Markus.
„Aber du kannst mir gerne zeigen, wie es mit einem Feuerzeug geht."
Das ließ sich Markus nicht zweimal sagen. Allzu gerne ließ er andere an dem profunden Schatz seiner Erfahrungen teilhaben. Doch er zeigte es ihm ohne Überheblichkeit. Noch oft sollte er feststellen, dass Markus einfach gerne etwas erklärte, ohne den anderen als Dummi hinzustellen.
Wenig später trafen Katja und Reinhard ein. Es tat ihm noch immer etwas weh, dass die beiden inzwischen wie ein Paar wirkten, auch wenn sie sich alle Mühe gaben, diesen Eindruck nicht zu erwecken.
Und dann freute es ihn wieder ungemein, dass Katja ihm zu Ehren eine Flasche Sekt mitgebracht hatte.
„Wir müssen doch unseren Neuzugang feiern!", erklärte sie das Mitbringsel. Bruno wollte da nicht hintan stehen.
„Wenn das so ist, ich habe auch noch eine Flasche im Kühlschrank."
Noch nie hatte Martin sich so herzlich in einer Gruppe aufgenommen gefühlt.
„Tja," betonte Markus, der bemerkte, wie Martin sich freute, „Wir sind die Ruppis!"
Reichlich unausgeschlafen begab sich Martin am Morgen darauf in die Redaktion des Märkischen. Er hatte ein schwieriges Gespräch vor sich, er mußte mit Bernd reden.
Bernd war wie stets schon einige Zeit vor der Redaktionssitzung in seinem Büro. Martin setzte sich auf einen der Stühle, holte tief Luft und begann:
„Bernd, ich muß dir etwas gestehen."
Bernd wußte, was das bedeutete.

„Du gehst zu den Ruppis."

„Mhm."

Bernd sah kurz aus dem Fenster, dann fragte er:

„Sie bieten dir einen guten Vertrag an?"

„Ja."

„Dann kann ich wohl nichts dagegen halten."

Martin schüttelte den Kopf. Er brachte kaum einen Ton heraus.

„Ich kann es dir nicht übel nehmen - aber schade ist es schon."

Damit war das Gespräch beendet.

Martin hatte es jetzt eilig, in die Redaktion des Ruppiner Allgemeinen zu kommen. Seinen nunmehr ehemaligen Kollegen
wollte er nicht begegnen.

Und dennoch lief er Gerd über den Weg. Ihm mußte er es sagen, sie waren in den vergangenen Wochen gute Freunde geworden.

„Mensch Martin", beruhigte ihn Gerd, „ich würde es genau so
machen. Wollen wir heute abend mal wieder zusammen Billard
spielen?"

Martin ruderte am Steuer, um den Bulli auf der holprigen Straße
zu halten. Er hatte die Scheibe des Seitenfensters herunterge-
dreht und genoß die Luft des sommerlich warmen Herbsttages.
Wieder wußte er nicht, ob er die Farbenpracht der herbstlichen
Allee genießen oder sich der Melancholie des Lichtes hingeben
sollte, das die rotgolden untergehende Sonne flackernd wie ein
Stroposkop durch die Bäume auf die Straße warf. Denn so sehr
er auch den Reiz des alten Havellandes genoß, so fremd war es
ihm immer noch.

Es war halt nicht sein Zuhause. Aber wo war seine Heimat?
Köln? Dort kannte ihn niemanden mehr. Die Familie, die einmal seine war, existierte nicht mehr, seine Jungen würden ihn
inzwischen wohl nicht mehr wiedererkennen. Seine Eltern lebten 500 Kilometer entfernt in Butjadingen. In seiner Wohnung
wartete nichts abgesehen von einem flimmrigen Fernseher auf
ihn. Solange er arbeitete und mithin mit seinen neuen Freunden
zusammen war, fühlte er sich so wohl, wie noch nie im Leben.
Soviel Anerkennung, solch eine Geborgenheit in der Clique
hatte er noch nicht erlebt. Doch dem Hochgefühl im Team folgte stets das traurige Empfinden verlorener Einsamkeit, sobald er
mit sich alleine war. Geborgenheit in sich selbst hatte er noch

nicht gefunden. Und nun war er unterwegs zu diesen zwei Zimmern, in denen er ein paar seiner Möbel aufgestellt hatte, und dieser Abend drohte ein einsamer zu werden. Die Ruhe, ein Buch zur Hand zu nehmen, würde er wohl wieder nicht haben. Er war sich selbst eben nicht genug.

Wie stets hatte er sich kurz bevor er die Redaktion verließ, um dieses Fußballspiel in Zehdenick zu beobachten, fast ängstlich danach erkundigt, was denn für den Abend geplant sei. Lapidar hatte Bruno mit „Nichts“ geantwortet. Und wie stets war er neidisch gewesen, dass Bruno oder Markus, Evelyn oder Katja keine Probleme mit einem ruhigen Abend in den vier Wänden hatten, die ebensowenig die ihren waren, wie seine Zimmer ihm ein Daheim waren. Doch ihnen genügte ein Buch. Er wäre damit verloren in einem Leben ohne Halt. Martin hatte wie immer Angst vor dem Abend nach Redaktionsschluß. Er fand erst Ruhe, wenn er jemanden gefunden hatte, der mit ihm noch in den Pub ging oder in Alt Ruppin eine Runde Pool-Billard spielte. Doch wenn er nicht fragte, ihn fragte nur selten jemand. Und er wollte nicht laufend diese Frage stellen: „Hast du noch Lust auf ein Bier?“ Und so passierte er Gransee und stellte bedauernd fest, dass kein Licht mehr in der Redaktion brannte, fuhr er durch Lindow und durch Alt Ruppin, vorbei an den Russenkasernen, dem Rheinsberger Tor am Eingang von Neuruppin, vorbei am JFZ, in dem er nicht seine ersten Feten erlebt hatte, an den Fassaden längs der Karl-Marx-Straße, mit denen er keine Kindheitserinnerungen verband. Und eigentlich hätte er jetzt rechts abbiegen müssen in die August-Bebel-Straße, da riß er das Steuer nach links und steuerte den klapprigen Bulli zum Pub. Vielleicht würde dort ja ein Kollege sitzen, der auch darauf hoffte, den Abend nicht alleine verbringen zu müssen.

Der Pub war so gut wie lehr. Kein bekanntes Gesicht. Er setzte sich an die Theke und begann damit, seine Pfeife zu stopfen. So würde die Zeit vergehen. Martin zwang sich, sich nicht umzudrehen, wenn die Türe aufging. Doch jedes Mal starrte er in den bemalten Spiegel hinter der Theke, wenn sich der Vorhang des Windfangs an der Kneipentür bewegte.

Asbald beschloß er, in seine acht Wände zu fahren. Dort warf er sich auf sein stets ausgeklapptes Schlafsofa, nachdem er den Fernseher angeschaltet hatte. Es lief die Glücksspirale, doch das war ihm ebenso gleichgültig, wie der schlechte Empfang, den die Zimmerantenne lieferte. Wenig später begann irgendein Krimi. Kein Telefon stand im Regal, das hätte klingeln können. An die Tür würde auch niemand klopfen, die war durch den Hinterhof, der längst abgeschlossen war, nicht mehr zu erreichen. Seine einzige Hoffnung war, das jemand Steine gegen die Scheibe warf, um auf sich aufmerksam zu machen. Und Martin wünschte sich, er würde sich das nicht so sehnlich wünschen.

Doch was war das? Da rief ihn doch jemand! Eine, nein, zwei Mädchenstimmen:

„Maaartin!"

Eine Stimme erkannte er sofort. Das war doch Evelyn! Martin schwang sich mit einer für sein Alter bemerkenswerten Leichtigkeit von seiner Liege auf und stürzte ans Fenster. Als er sich über die Fensterbank lehnte, bot sich ihm ein Anblick, wie er in diesem Moment beglückender nicht sein konnte. Da standen Evelyn und Brunos Freundin Susanne. Sie schauten zu ihm herauf mit einem Blick, den er als Augenaufschlag interpretierte, wohl wissend, dass Mädchen nun einmal besonders schöne, große Augen haben, wenn sie nach oben schauen. Die beiden vielleicht hübschesten Mädchen Neuruppins standen da auf dem Bürgersteig, sahen zu ihm herauf und fragten:

„Heh, willst du nicht zu Bruno kommen? Er und Katja waren in den Pilzen!"

Er bemühte sich sehr, sein „Na gut." so belanglos wie irgend möglich klingen zu lassen. Doch die Schnelligkeit, mit der er den Weg die Treppe hinunter, durch den Hof vorbei an den Papierstapeln zum Eingangstor zurücklegte, wird ihn verraten haben.

„Wir haben dich natürlich erst mal im Pub gesucht, aber dass du zu Hause sein würdest, damit hatten wir zuletzt gerechnet", begrüßten sie ihn lachend.

„Tja, ich werde halt langsam häuslich!", entgegnete Martin mit großer Gelassenheit und nahm die beiden in seine Arme. Martin nutzte in dieser Zeit jede Gelegenheit, um zu ein paar Streicheleinheiten zu kommen. Doch die beiden ließen es sich gefallen, denn sie mochten diesen sensiblen Mann und wußten wohl auch um seine Einsamkeitsgefühle.

„Aber noch einmal: Wo waren Bruno und Katja?"

Evelyn lächelte wissend.

„Das heißt hier ‚In die Pilze gehen‘, wenn man eben diese sammelt.“

„Ach“, staunte Martin, „die gibt's hier?“

„Hast du 'ne Ahnung!“, amüsierte sich Susanne, „Damit haben wir uns Jahre lang durch den Sommer geschlagen!“

„Ja klar,“ Martin grinste süffisant. „Es gab ja sonst nichts bei euch.“

Evelyn und Susanne sahen sich angeödet an und bemerkten im Chor:

„Er ist halt doch nur ein ganz normaler Wessi.“

Aus Brunos Wohnungstür schlug eine Rauchfahne. Kaum hatte der Gastgeber Zeit, „Kommt rein!“, zu rufen, da stürzte er schon wieder in die Küche.

Katja hatte sich eine Schürze umgebunden und meckerte:

„Bruno hat das Fett schon heiß, und ich habe noch nicht einmal die Hälfte der Pilze geputzt. Hier, Martin, nimm dir ein Messer und hilf mir!“

„Bist du von Sinnen? Wenn ich zum Beispiel Kartoffeln schäle, dann würfele ich sie. Was soll den von den Pilzen übrig bleiben?“

„Komm Martin“, rief Reinhard aus dem Wohnraum, „laß das mal Bruno machen. Das ist Frauensache!“

Reinhard lümmelte auf dem Sofa, das Brunos Vater noch selbst gezimmert hatte. Ein Bierkasten war noch frei, auf dem sich Martin niederließ.

„Reich mir mal ein Bier rüber, Olle!“

„Ne, Markus, dann müßte ich ja aufstehen.“

„Der kleine ist mir ein bißchen zu gut drauf“, bemerkte er mit einem Blick zu Reinhard. Martin lüftete sein Hinterteil, holte drei Bier aus dem Kasten und warf je eines zu Reinhard und Markus.

„Ich habe gehört, du hast gestern Brunos Wartburg gefahren?“, erkundigte sich Reinhard. „Wie fand´ste 'n det?“

„Och, problemlos. In Teilen hat man sich ja auch an die internationalen Regeln des Fahrzeugbaus gehalten. Die Kupplung ist auch links ...“

„Er ist halt doch nur ein ganz normaler ....“

„Ja, ja - ich weiß. Das hat man mir heute schon einmal gesagt.“

„Das ist gut, sehr gut!", stellte Dieter grimmig fest, der eben zur Tür herein kam. „Du brauchst das hin und wieder." Dabei grinste er breit und klopfte Martin auf die Schulter.

Als Katja triumphierend den Wohnraum betrat, in beiden Händen eine überdimensionale Pfanne gefüllt mit einem Berg in Speck und Zwiebeln gedünsteten Pilzen, da konnte in dem albernen Haufen jugendlicher Journalisten vor lauter Küchen- und Zigarettenqualm kaum mehr der eine den anderen erkennen. Jeder mußte brüllen, um den anderen zu verstehen, doch als die ersten Gabeln klingelten, kehrte Ruhe ein. Es schmeckte einfach wundervoll, und die meisten von ihnen waren wie üblich über den Tag nicht dazu gekommen, sich eine Portion Pommes, rotweiß, oder einen Döner zu bestellen.

Als Martin seine Verdauungspfeife stopfte, betrachtete er ein wenig skeptisch seine Tabakbestände. Dabei fiel ihm ein ...

„Äh, Bruno, kann ich morgen mit dir zusammen nach Gransee fahren?"

Markus schlug sich gegen die Stirn.

„Jetzt versuchen sie wieder, es zu vertuschen!"

Martin sah verdutzt drein. Doch Katja nahm den Ball auf und lästerte fröhlich weiter:

„Tja, man munkelt, ihr führt ein eheänliches Verhältnis, Bruno und du. Fast jeden Abend bist du noch da, wenn alle gegangen sind, und an fast jedem Morgen kommt ihr mit einem Auto in die Redaktion."

Allgemeines Amüsement. Bruno blieb gelassen:

„Ist schon wieder etwas mit deinem VW-Bus?"

„Nein, aber ich habe keinen Sprit mehr."

„Na, dann Tank doch morgen früh, oder kommst du nicht mehr bis zur Tankstelle?"

„Doch, aber ich habe auch kein Geld mehr. Und der Geldautomat spuckt auch nichts mehr aus."

„Ooh", entfuhr es Markus weinerlich, „Hans Geldautomat spricht nicht mehr mit ihm."

Das war noch so eine Marotte von Markus. Jedem noch so profanen Gegenstand verlieh er den Vornamen Hans: Hans Brieftasche, Hans Einkaufswagen, Hans Computer.

„Ich leih' dir ein paar Mark.", bot Bruno an.

„Ne laß' mal. Wenn die Bank mir schon kein Geld mehr gibt...., und die hat mehr davon als du."
Susanne saß neben Martin und sah ihn entgeistert an.
„Du hast echt keinen Pfennig mehr?"
„Nö, meine letzten Groschen habe ich eben im Pub gelassen!"
Evelyn und Susanne sahen sich in die Augen.
„Er war also doch im Pub - wo sonst?"
Aber Susanne ließ nicht locker.
„Und wovon willst du jetzt leben?"
„Nun, übermorgen wird das Honorar auf dem Konto sein - und bis dahin komm ich schon irgendwie klar."
Susanne wußte nicht ob sie bestürzt sein oder Martin für diese Leichtlebigkeit bewundern sollte.
In diesem Moment drehte irgendwer die Musik lauter: „Vaya con dios". Susanne sah Martin an und fragte:
„Wollen wir tanzen?"
Das ließ Martin sich nicht zweimal fragen. Martin war ein guter Tänzer, und wenn er etwas getrunken hatte, ein ausgelassener dazu. Wenn er die Hüften schwang und die Schultern rollte, war das für alle ein Fest.
Der nächste Titel war ein Blues von Joe Cocker: „Night calls". Ohne zu zögern fiel Susanne in Martins Arme und schmiegte sich eng an seine Schultern. Martin wehrte sich nicht. Es liefen noch viele langsame Titel an diesem Abend. Und Bruno dreht sich noch manche Zigarette.
Tief in der Nacht fiel Martin in seine Liege, zufrieden und glücklich, satt wie ein Baby, nur ein wenig betrunkener.
Schleppenden Schrittes lenkte er am Morgen darauf seine Schritte zu dem Platz, an dem Brunos Wartburg stand. Er saß schon darin und wartete. Das erste, was er zu Bruno sagte war:
„Glaubst du, dass ich mich kaum erinnern kann, mit wem ich gestern Abend getanzt habe?"
Bruno lachte schallend.
„Mein Freund, jetzt haust du mir aber die Taschen voll!"
Martin schwieg lieber, schloß die Augen und versteckte sich hinter seinem Kater. Es war einen Versuch wert. Sie waren schon durch Lindow durch, da klopfte Bruno seinem Freund auf die Schulter.

„Laß gut sein, alter Schwede. Zum Kuscheln gehören immer zwei."

Das Redaktionsteam in Gransee hatte sich viel vorgenommen. Es wollte nicht nur das Monopol des „Märkischen Anzeigers" knacken, auch die Mehrheit der Leser im Kreis Gransee sollte gewonnen werden. Die Voraussetzungen dazu waren auf der einen Seite gut, auf der anderen Seite miserabel. Keiner der zwei Journalistinnen und zwei Journalisten, die für dieses Unternehmen aus aller Herren Bundesländer angeworben worden waren, kannte auch nur einen Menschen in der Region. Nicht einmal der Neuruppiner Bruno war hier heimisch. In der Gegenrichtung hatten sie es mit Menschen zu tun, die den Umgang mit der Presse zum großen Teil noch lernen mußten. Prinzipien, wie das der Gleichbehandlung oder gar Benachrichtigungspflichten waren beileibe nicht jedem bekannt. Und schließlich behinderte die Kommunikation in beiden Richtungen zu dieser Zeit noch ein völlig unterentwickeltes Telefonnetz. So gab es weder in der Redaktion noch in der Anzeigenabteilung noch in der Vertriebsstelle der kleinen Zeitung in den ersten vierzehn Tagen ihres Bestehens ein Telefon. Eine Situation, die ein westlicher Journalist nicht in seinen grausigsten Alpträumen würde phantasieren können. Doch selbst als sie schließlich eine Leitung erhielten, um die sich den ganzen Tag über zehn Mitarbeiter stritten, so nutzte sie in neun von zehn Fällen nichts, hatten doch zumeist die Ansprechpartner selbst kein Telefon. Martin und seine Granseer Kollegen entwickelten nicht zuletzt deshalb bald jenen Stolz und jenes Zusammengehörigkeitsgefühl, das die „Ruppis" bereits Monate zuvor aus den gleichen Gründen aufgebaut hatten. Einige von ihnen, darunter auch Martin, sind später wieder im Westen als Journalist tätig geworden. Sie alle hatten das Gefühl, von der Front an die Etappe versetzt zu werden, und nicht selten mußten sie sich gegen ein Gefühl mitleidiger Überheblichkeit wehren, wenn ihre westlichen Kollegen gelegentlich über ihre harte Arbeit stöhnten.

Der Tag begann für die Granseer folglich mit einer mehrstündigen Rundfahrt durch die Region. Man klapperte alle Punkte ab, an denen man aus Erfahrung an einer Wand oder in einem Schaukasten angeschlagene Mitteilungen und Ankündigungen erwarten durfte. Man suchte die Amtsstuben und die Bürgermeister auf. Wenn sich aus diesen Besuchen irgendwelche Themen ergaben, galt es als nächstes, denen nachzugehen. Wieder waren Privatbesuche zu machen, wurde man an den Arbeitsplatz verwiesen oder traf niemanden an. Sah man am Wegesrand ein schönes Motiv oder auch ein originelles, so wurde es sofort fotografisch festgehalten. Fotos verbrauchen nämlich viel Platz auf einer Seite.

Denn jeden Werktag, den der liebe Gott werden ließ, hatte jeder einzelne der Granseer Journalisten eine solche Zeitungsseite mit möglichst vielen Texten zu füllen. Anzeigen gab es nicht, die den redaktionellen Raum verkleinerten, freie Mitarbeiter zunächst auch nicht. Es dauerte Wochen, bis man ein Informandennetz geknüpft hatte, das einem bei der Rückkehr in die Redaktion um die Mittagszeit Mitteilungen oder gar kleine Artikel bescherte. Doch es half nichts, bis etwa gegen 18 Uhr mußte die Seite dicht sein, und nur ganz selten durfte man sich einer sogenannten Eigenanzeige bedienen, um eine Lücke zu füllen. Nicht selten hat es Wutausbrüche oder Tränen in der Redaktion gegeben - doch dann gab es immer, wirklich immer einen Kollegen der den verzweifelten Freund oder die Freundin auffing.

Endlich in Oranienburg an diesem Container-Büro angekommen, war zumeist keiner der Computer mit den großen Bildschirmen frei, an denen man eine „Seite bauen" konnte. Bis die Produktion des „Gransee-Booten" abgeschlossen war, wurde es in der Regel 22 Uhr. Dann erst ging es nach Hause - für Martin, Bruno und Evelyn nach Neuruppin. Noch einmal 50 Kilometer. Dieses Zuhause allerdings verdiente für die meisten der Ruppis den Namen nicht. Fast jeden Abend drehte sich das Gesprächsthema um den Wunsch, endlich wieder in die eigenen - wenn auch gemieteten vier Wände ziehen zu können. Doch die Chance auf eine „richtige" Wohnung rekrutierte sich nur aus dem Zufall.

Bruno spielte in zweierlei Hinsicht eine Sonderrolle. Zum einen - und dessen war er sich durchaus bewußt, war er für den aus dem Westen kommenden Verlag zumindest zunächst der „Alibi-Ossi". Denn bis Maria als Redaktionsleiterin in Gransee eintraf, war er in einer Gruppe von westdeutschen Journalisten der einzige „echte" Ostdeutsche. So erfüllte er gewissermaßen die Rolle der Quotenfrauen in einer Partei oder der Behinderten in einem Unternehmen, das sich nach außen als tolerant und fortschrittlich zeigen will. Mit beiden Vergleichen konnte er schlecht leben - aber „Alibi-Ossi" zu sein, das konnte er ertragen. Immerhin hatte ihm das - wenn's denn so war - den Job gebracht.

Eine weitere Sonderrolle machte ihn nachgerade zu einem Privilegierten. Er nämlich hatte eine Wohnung. Derweil Dieter und Evelyn als Dauergast in einem höchst mittelprächtigen Hotel aus dem Koffer lebten, Katja in einer Garage hauste und Martin mit seinem Zimmer ohne WC und Dusche noch recht gut bedient war, verfügte Bruno noch aus Zeiten vor der Wende über eine Zweiraum-Wohnung mit Duschkabine in der Küche und WC eine halbe Treppe tiefer.

Sowohl die zwei Räume, als auch die eigene Küche und nicht zuletzt die darin befindliche Duschkabine machten Bruno zum meistbesuchten Kollegen dieser Zeit. Und da keiner gern als Schnorrer angesehen sein wollte, brachte man üblicherweise eine oder zwei Flaschen Wein mit. Ein Umstand, der Brunos Wohnung außerdem zum bestsortierten Alkohollager weit und breit machte.

Kurzum: Bruno und seine Wohnung waren der Treffpunkt für die Ruppis, der Ausgangspunkt für weitere Unternehmungen, deren Realisation nicht selten an der Gemütlichkeit des mit selbstgezimmerten Möbeln und mit einem Fernseher bestückten Raumes scheiterte. Der Fernseher allerdings hatte schon vor Jahren beschlossen, für sich das 6-zu-9-Verhältnis einzuführen oder aus jedem Fernseh- einen Breitwandfilm zu machen. Mit zunehmender abendlicher Laufzeit wurden die schwarzen Streifen oben und unten immer breiter. Doch das fiel den wenigsten auf - vielleicht auch deshalb, weil es um den Zustand der Gäste ähnlich bestellt war.

Es war wieder mal solch ein Abend bei Bruno. Evelyn, Martin und Markus räkelten sich auf seinem Sofa, die Weingläser und Aschenbecher nahmen sich auf dem für das Sofa zu hohen Tisch den Platz weg, irgendein Spielfilm lief, dessen Handlung zu verfolgen schon der dichten Rauchschwaden wegen schwer fiel. An den Scheiben lief das Schwitzwasser in den stellenweise faulenden Rahmen, denn draußen war es bitter kalt.

„Ach Bruno", brachte Markus räkelnd hervor, „dein Sofa ist immer noch das gemütlichste."

„Tja", kam vom Gastgeber, „es wird nicht mehr lange hier stehen. Ich habe mir neue Möbel gekauft."

„Wie, das willst du uns antun."

„Das ist immer noch meine Wohnung, mein Freund", ermahnte Bruno lachend, was natürlich die Bemerkung von Evelyn provozierte:

„Schon lange nicht mehr!"

„Ne, im Ernst, ich habe mir eine richtig schöne, schwarze Ledersitzgruppe zugelegt. Überhaupt wird das alles hier grundlegend renoviert. Neue Auslegeware kommt rein, neue Lampen, und so weiter."

„Es ist doch nicht zu fassen", amüsierte sich Evelyn, „ausgerechnet du, Bruno, der du dich immer beklagst, ‚wat uns der Westen jebracht hat', nimmst als erster finsterste Wessi-Züge an. Erst das dicke Westauto, jetzt 'ne Ledersitzgruppe. Bald wird man die Ossis an ihrem Wartburg erkennen und die Wessis an ihrem Japaner."

„Tja, man muß halt mit der Zeit gehen. Außerdem gefallen mir die neuen Möbel richtig gut."

„Kriegst du denn auch einen neuen Fernseher?", wollte Martin wissen.

„Na, klar!"

„Ooooch!", lautete die einstimmige Bewertung der Gäste.

Der Entschluß Brunos aber war nicht mehr rückgängig zu machen - ebensowenig wie andere Entwicklungen in dieser Region.

„Naja", sinnierte Evelyn, „wenn ich mir's so recht überlege ..."
Es klingelte.

„Na", argwöhnte Martin, „wenn das mal kein Besuch ist!"
Bruno raffte sich auf.

Es war ein alter Freund Brunos, der da auf der Matte stand und nicht lange um Einlaß bitten mußte.

„Was überlegst du dir?", knüpfte Bruno an.

„Naja,", wiederholte sich Evelyn, „im Grunde wäre ich - ich meine: wir - schon froh, wenn wir etwas zu renovieren hätten."

„Wieso", schaltete Brunos Freund, der Joe genannt wurde,, rasch, „sucht ihr eine Wohnung?"

„Ach was - uns geht's doch gut in dem Hotel. Wir haben im-
merhin rund 15 Quadratmeter. Und nicht nur wir, auch unsere
Möbel sind bestens untergebracht in der Scheune, in der sie
schon seit acht Monaten stehen."
Markus grinste in seine Tabakpackung hinein, ein Blättchen
zwischen Mittel- und Zeigefinger. Dann fragte er sich laut:
„Ob es wohl diese kleinen Würmer in der Scheune gibt?"
Martin fing den Ball auf.
„Du meinst: Holzwürmer?"
„Immer auf's Schlimme!", nahm Bruno die etwas zerknirscht
wirkende Evelyn in Schutz.
Nur Joe blieb sachlich. Geradezu aufreizend beiläufig bemerkte
er:
„Ich wüßte da eine Wohnung. Ein Bekannter braucht sie für
etwa ein Jahr nicht. Ein Zimmer will er für seine persönlichen
Sachen behalten. Den Rest würde er untervermieten. Die Wohnung hat gut 120 Quadratmeter. Aber sie ist wohl auch nicht
ganz billig."
Evelyn stemmte sich in die Kissen.
„Geld spielt keine Rolle!"
Drei Wochen später zogen Dieter und Evelyn aus dem Hotel
aus und in ihre Wohnung ein.
So hatte sich zumindest für Dieter und Evelyn die Lage ein
wenig entspannt. Die langen Arbeitstage aber blieben. Trotzdem
war die Stimmung unter den Kollegen ausgesprochen gut. Da
wurde kein Gag ausgelassen, jeder wurde irgendwann einmal
auf die Schippe genommen. Von den Oranienburgern wurde
man herzlich begrüßt, von einzelnen mitunter mit einer kurzen
Umarmung verabschiedet. Sie alle hatten wohl das Gefühl,
Pionierarbeit zu leisten, und das machte sie zu einer verschwo-
renen Gemeinschaft. Für diejenigen, die keinen Oranienburg-
Dienst hatten, war es selbstverständlich, entweder im Pub oder
an einem verabredeten Ort auf die „Spätheimkehrer" zu warten,
die natürlich noch etwas Abwechslung brauchten, um vor dem
Zubettgehen zur Ruhe zu kommen.
Dieses Gemeinschaftsgefühl trug gewiß wesentlich dazu bei,
dass nicht nur die „Oranienburger Tageszeitung" und der „Ruppiner Allgemeine", sondern auch der „Gransee-Boote" einen
ungewöhnlichen Erfolg hatte. Diese Truppe - wohlgemerkt

bestehend aus west- wie ostdeutschen Journalisten - war mit einer Power und einem Biß bei der Arbeit, der in dieser Region fast nicht bekannt war. Und der übertrug sich auf die Zeitung, der man alsbald Engagement, Frechheit und Hartnäckigkeit in der Recherche nachsagte. Begünstigend für den Erfolg der drei Zeitungen aus einem Haus wirkte sich ein gewisser Groll auf den bis zur Wende linientreuen „Märkischen Anzeiger" aus. Es sollte Jahre dauern, bis es dem redlich bemühten „Märkischen Anzeiger" gelingen sollte, dieses Stigma abzuschütteln. Und da Brandenburger spontane Menschen sind, hagelte es in dieser Zeit Abo-Abmeldungen beim „Märkischen Anzeiger" und Neukunden bei der neuen, ungewohnten und unbequemen Konkurrenz.

Martins Arbeit war in mancher Hinsicht leichter als die der Lokalberichterstatter. Seine ihn ungemein beruhigende Feststellung lautete alsbald: „Und wenn nichts los ist in einem Kaff - gegen den Ball getreten wird überall!" Hinzu kam, dass fast jeder Verein einen Schriftführer hatte, der in der Regel bereit war, seine Berichte auch an die Zeitung weiterzuleiten, zumal dafür ja auch ein kleines Honorar gezahlt wurde. Seine Sorgen, die Seite nicht voll zu kriegen, waren bald zerstreut. Wenn er morgens in die Redaktion kam, stapelten sich nicht selten bereits die Spielberichte und Vorankündigungen auf seinem Schreibtisch - ein Umstand, der ihm Neid und denselben kaschierenden Spott eintrug. Doch damit konnte er gut leben. Denn schließlich verkürzte das seinen Arbeitstag nicht, es gestaltete ihn nur sorgloser. Außerdem fanden Volleyball- oder Handballspiele zumeist am Abend statt - und Fußballspiele am Wochenende. Da Martin außerdem am jedem Montag schon aus Aktualitätsgründen - dem großen Plus der neuen Zeitung - eine volle Sportseite abzuliefern hatte, war er jeden Samstag auf den morastigen Sportplätzen des Kreises unterwegs und jeden Sonntag in der Redaktion. Eine Sieben-Tage-Woche. Im September hatte Martin seinen Job in Gransee angetreten. Bis Ende Februar hatte er mit Ausnahme dreier Tage über Weihnachten sechs Monate an einem Stück gearbeitet. Er hatte über zwanzig Kilo abgenommen - was ihm nicht schlecht stand. Doch inzwischen war er tagsüber von der Pfeife auf die Zigarette übergegangen, seine Hände zitterten unentwegt, und wenn er abends bei Bruno

saß, faltete er die Hände über seinem Bauch und schlief inmitten seiner Freunde ein. Dann stieß Markus Bruno an und sagte: „Schau mal, Martin hat wieder seinen Frieden mit sich geschlossen."
Doch nicht nur Bruno hatte bemerkt, wie ausgepowert Martin war. Und so kam es zu dem Beschluß, ihm in ein freies Wochenende in Erfurt zu ermöglichen.

Und nun saßen Martin und Markus im JFZ, hielten sich bei der Hand, und Markus träumte laut von seiner Katja, die noch nicht seine war. Martin hörte ihm geduldig zu, wenn es ihm auch ein wenig schwer fiel. Er fühlte sich immer noch einsam, trotz der Freunde, trotz seiner Arbeit. So sehr er die Neuruppiner Freiheit genoß, diese zweite Jugend mit den Kollegen, die allesamt Kumpel waren, so fehlte ihm doch ein fester Punkt, eine ihm Geborgenheit und Sicherheit gebende Partnerin.
Selbst Markus merkte nach einiger Zeit, dass es Martin an diesem Abend nicht nach Zuhören zumute war. Auf der anderen Seite hatte er auch keine Lust, schon wieder über Martins Sehnsüchte zu reden. Allzu oft hatte sich Markus in letzter Zeit damit auseinandergesetzt.
Und doch - nachdem Markus die Krümel seines Zigarettentabaks, den er nur zum Teil in das Blättchen drehte, von dem zerfurchten Holztisch in den Ascher gewischt hatte, steckte er sich die Selbstgedrehte in den Mundwinkel, zündete sie mit seinem sturmfesten Benzinfeuerzeug an, nahm einen tiefen Zug, blies ihn in die dunstige Luft und kam dann in seiner ihm eigenen, den Punkt treffenden Weise zum Thema:
„Tjaaa, der Marion, der würde ich auch die Antenne verbiegen."
Marion Schüller war Praktikantin in Gransee. Und weil sie Volleyballerin war und früher Leichtathletin, schrieb sie auch viel für die Seite von Martin. Der seinerseits bemühte sich intensiv darum, ihre nett geschriebenen Artikel in

die Form zu bringen, die man von Zeitungsartikeln erwartete. Es wäre gelogen, wenn Martin das nur aus pädagogischen Beweggründen heraus getan hätte. Nein, diese Marion gefiel ihm. Sie war etwa einsachzig groß, sehr schlank und hatte ein rundes, niedliches Gesicht, das geprägt war von großen, runden Augen und eine nicht recht zu ihrer burschikosen Sportlichkeit passenden Stupsnase. Sie hatte nur einen Fehler - sie war verheiratet und hatte eine zweijährige Tochter. Doch die Art und Weise, wie sie mit Martin umging, ließ ihn vermuten, dass das zumindest kein Hindernis für eine Beziehung war. Vielleicht aber bildete er sich das auch nur ein. Ebenso, wie er sich eine vergebene Chance vielleicht nur einbildete.

Markus beobachtete seine Nachdenklichkeit und versuchte darauf einzugehen. Er nahm ihn in den Arm und begann:

„Sieh mal, die Kleine ist niedlich, keine Frage. Aber sie ist nicht wichtig. Du bist wichtig - so wie du bist. Und es ist wichtig, dass du das erkennst."

Und dann sagte Markus etwas, das Martin wohl nie wird vergessen können, nicht zuletzt, weil Markus es zu ihm gesagt hatte.

„Mensch, Olle, hab´ dich doch selbst `mal ein bißchen lieb!"

In diesem Moment setzte sich Bruno an ihren Tisch. Die beiden hatten sein Kommen nicht bemerkt. Markus wußte natürlich längst von Bruno Vorhaben, Martin nach Erfurt abzuschleppen. So wechselte man das Thema.

„Du wirst sehen", meinte Bruno, „Erfurt zu Fasching, das wird dir gefallen."

„Ich kenne dort doch niemanden. - Mit wem soll ich denn dort tanzen."

„Mann, Olle, eine Tanzpartnerin zu finden wird dir bei deinen Tanzbeinen doch wohl nicht schwerfallen."

„Kommt denn eigentlich jemand, den ich kenne?", erkundigte sich Martin.

„Ja, meine Schwester, die Maria. Du kensst sie, sie war auf meiner Gebutstagsfete."

Ohje, dachte Martin, das interessierte ihn eigentlich weniger. Im Grunde erinnerte er sich kaum mehr an Maria. Er sah nur ein unscheinbares, schwarzhaariges Mädchen vor sich, das gelangweilt an seiner Zigarette nuckelte und ein muffiges Gesicht machte.

Bruno und Markus feixten.

„Naja, an dem Abend hattest du ja nur Augen für Marion."

„Tja", lachte Martin grimmig, „und dabei war alles so erfolglos."

„Ooooooch", trauerte Markus.

„Ja, und das, obwohl sie die Nacht auf meinem Sofa verbracht hat. Und wißt ihr was? Sie hat sogar einmal die Bemerkung gemacht, dass sie eigentlich gewohnt sei, nackt zu schlafen. Ich bin inzwischen davon überzeugt, dass ich nur hätte sagen müssen `Fühl dich wie zu Hause´ und sie hätte sich ausgezogen. Aber ich Blödmann habe es nicht gesagt. Statt dessen habe ich geredet und geredet."

Bruno und Markus lachten herzlich. Noch grinste Martin ein wenig gequält.

„Dumm gelaufen - warum mußt du dich auch so gerne reden hören!", amüsierte sich Bruno. Und Markus steuerte bei:

„Traurisch, Olle, janz, janz traurisch!", und dabei machte er kullerrunde Augen.

Alle lachten schallend. Auch Martin tat es gut, richtig gut, darüber zu lachen.

Und dann erhob sich Markus gravitätisch.

„Freunde der Nacht", verabschiedete er sich schwülstig, „ich muß euch nun verlassen!"

„Wo willst du denn schon hin?", fragte Bruno erstaunt.

„Da kann doch nur eine Frau dahinter stecken", versuchte Martin Bruno auf die Sprünge zu helfen. Bruno sah ein, dass er keine Chance hatte, Markus von dem abzuhalten, was er nun einmal nicht lassen konnte. Und so drehte er sich zu Martin und fragte Bruno - eher rhetorisch:

„Und was machen wir nun mit dem angebrochenen Abend?"

Dienstag

Familienbande

Man darf vermuten, daß die Ehe zwischen Stadtdirektor Horst-Dieter Holdorf und seiner Frau Angelika intakt ist. Schließlich helfen sie einander, wo sie können - und das natürlich ganz uneigennützig. Angelika Holldorf zum Beispiel stand unlängst ihrem Mann in einer äußerst prekären Situation zur Seite. Da galt es, den Grundstein für den Anbau des städtischen Seniorenheims zu legen. Wo aber, so stellte sich dem ratsuchenden Stadtdirektor die knifflige Frage, legt man diesen Grundstein? Wohl kaum einer der rund 70 geladenen Gäste hätte damit gerechnet, dass diese Grundsteinlegung auf dem Arreal stattfindet, auf dem der Anbau einmal errichtet wird. Da fügte es sich, dass Ehefrau Angelika ein Hotel führt, das über einen großen Veranstaltungsraum und eine bestens eingeführte Küche verfügt. Was also liegt näher, als die Grundsteinlegung symbolisch im Saale stattfinden zu lassen? Konnte Ehefrau Angelika sich so doch für die Gunst erkenntlich zeigen, die vor einem Jahr ihr Ehemann und Stadtdirektor ihr hat zukommen lassen, indem er bei der Vergabe des ehedem kommunalen Gästehauses an geeignete Gastronomen den kleinen Dienstweg wählte. Ein Schuft, der Böses dabei denkt, wenn er erfährt, dass Ehefrau Angelika die Rechnung für die Bewirtung von 70 geladenen Gästen an die Stadtkasse schickt.

Bruno Mohra

Am nächsten Morgen hatte es Martin schon ein wenig schwer.

„Martin, du machst einen - na, sagen wir - etwas debilen Eindruck", amüsierte sich Bruno, als er etwas schleppenden Schrittes die Redaktion betrat.

„Das ist aber gar nicht gut!" - Evelyn schüttelte mißbilligend den Kopf.

„Keine Sorge," preßte Martin aus sich heraus. „die Seite mache ich schon dicht."

„Da mache ich mir auch keine Sorgen," und dabei blickte das zierliche Mädchen mit den übergroßen Augen, die beim Aufschauen noch größer wirkten, über die Schulter zu ihm hinauf.

„Markus hat heute Geburtstag.", fügte sie an.

„Oh Gott, dann haben wir gestern ja ..."

„In seinen Geburtstag hineingefeiert, ja!", beendete Bruno den Satz und machte dabei einen Zerknirschten, wie nur er es konnte. Denn eigentlich wäre es ein Mordsspaß gewesen, ihn um 0 Uhr bei Katja zu besuchen, um ihm zu gratulieren.

„Ich muß ihn sofort in der Redaktion anrufen", mit diesen Worten stürzte Martin ans Telefon.

„Du glaubst doch wohl nicht, dass er schon am Scheibtisch sitzt?"

„Es ist einen Versuch wert.", seufzte Martin und hielt sich den Kopf dabei.

Am anderen Ende war Katja. Martins Herz klopfte immer noch ein wenig höher, wenn er ihre Stimme am anderen Ende der Strippe vernahm. Doch es ging ihm viel zu schlecht, um sich auch noch verflossenen Gefühlen hinzugeben.

„Markus," gluckste es dort, „der ist noch nicht zur Entgegennahme eines Telefonats fähig."

„Tja, ist er denn schon in der Redaktion?"

„Nö, der liegt noch in der Falle."

Martin runzelte die Stirn. Er tat unwissend, machte aber aus seiner Neugierde keinen Hehl:

„Äh, jetzt muß ich aber doch mal fragen: Woher weißt du ob, und wenn ja, in welchem Bett er liegt?"

„Ich erinnere mich nicht, das Wissen um seine Schlafstät-
te preisgegeben zu haben."
Katja war ihm an diesem Morgen schlichtweg überlegen.
„Na gut", gestand sie ein, „Markus ist gestern überra-
schend noch bei mir aufgetaucht. Aber da kommt er gerade durch die Tür gestolpert."
Am anderen Ende wechselte der Gesprächspartner.
„Wer stört schon kurz nach Mitternacht?"
„Ich bins. Mensch - trotz allem - alles Gute zum Geburtstag! Eigentlich hätten wir dich ja um 12 Uhr noch
besuchen müssen."
„Macht nix, Olle. Auf diesen Besuch hätte ich ausnahms-
weise mal verzichten können. Hauptsache, du bist heute
abend wieder fit. Wir treffen uns bei Katja. Sie hat einge-
willigt. Ich meine - damit, meinen Geburtstag bei ihr zu
feiern."
Nun war es um die Geduld von Bruno geschehen. Er
entriß ihm einfach den Hörer. Und Martin dachte darüber
nach - nein! - er wußte mit einem Mal, was er ihm zum
Geburtstag schenken könnte...
Strahlend, sofern es sein Temperament an diesem Morgen zuließ, kehrte Martin nach zehn Minuten in die Redaktion zurück - ein kleines Päckchen in der Hand.
„Was hast du denn da?", fragte Evelyn mit unverhohlener
Neugierde.
„Ich habe für Markus ein Taschenmesser gekauft - ein
echtes Schweizer Messer."
„Jau", bestätigte Bruno, ohne die Finger von der Tastatur
zu nehmen, „so etwas braucht ein richtiger Junge!"
Martin freute sich, und seine gute Laune verließ ihn auch
nicht, als die Redaktionschefin Maria ihn daran erinnerte,
dass da noch eine freie Seite auf ihn wartete.
Das Telefon klingelte, Maria nahm den Anruf entgegen.
Offenbar war Markus am anderen Ende, denn Marias
Mine verdüsterte sich. Sie mochte den flippigen Wessi
nicht besonders.
„Wie stellst du dir das vor - auf Martin verzichten? Der hat
bitteschön seine Sportseite zu bauen." ... „Na, also gut,
ich frage ihn. - Martin, Markus bedarf deiner außerge-

wöhnlichen fotografischen Fähigkeiten. So formulierte er es jedenfalls vor dem Hintergrund, dass der Neuruppiner Knipser ausgefallen ist. Schaffst du heute deine Seite auch am Nachmittag?"

Martin mußte nur kurz nachdenken. Zu gerne ging er mit Markus auf Tour.

„Wenn ich die Seite in Neuruppin bauen darf."

„Na meinetwegen. Aber ich verlaß' mich drauf." Und in den Hörer: „Markus, dein Sonder-Knipser ist auf'm Sprung."

Knapp zwanzig Minuten später - beinahe in Rekordzeit also - war Martin in der Neuruppiner Redaktion.

„Ah, Olle, das ist gut, dass du kommst. Hast du deine Kamera dabei?"

„Die liegt im Auto", entgegnete Martin etwas verdutzt auf Markus Frage. Schließlich hatte er ihn deshalb herbestellt.

„Los gehts, ich erkläre dir alles unterwegs zum Wagen."

Der „Ruppiner Allgemeine" hatte eine Mitteilung erhalten, dass die Russen auf ihrem Flugplatz im Norden von Neuruppin hektoliterweise Cherusin ins Gras der Landebahnen abgelassen hatten. Dem wollte Markus nun nachgehen, und das war nicht ganz einfach. Die Russen hatten sich vier Jahrzehnte lang als Besatzer in der DDR aufgeführt. Nun befanden sich ihre Stützpunkte gewissermaßen auf exterritorialem Gebiet. Die DDR als „Partner" im Warschauer Pakt existierte nicht mehr. Nie hatte man hier die Russen in dem Maße als Befreier angesehen, wie im Westen die Amerikaner. Dafür hatten sie sich auch zu schlecht aufgeführt. In Neuruppin oder zum Beispiel im fünfzig Kilometer entfernten Fürstenberg hatten sie ganze Villensiedlungen okkupiert und sie buchstäblch verkommen lassen. Wahrlich erhaltenswerte Gebäude waren nun zu Hauf abrißreif. Nein, man haßte die Russen hier. Jahrelang hatten sie die Bevölkerung mit ihren ständigen Tiefflügen terrorisiert - alle drei Minuten ein Jet. Die nahegelegene Wittstocker Heide hatten sie zum Übungsplatz für Bombenabwürfe benutzt. Nicht selten kamen sich die Neuruppiner wie im Krieg nahe der Frontlinie vor. So sollte auch der Ruppiner See noch Jahre brauchen, um sich von den Reinigungen zu erholen, die Russen mit ihren Panzern regelmäßig im See vornahmen. Niemand weiß, wieviel Altöl in den Jahren in den See geflossen ist. Mit einem Mal standen sie nun im Blickpunkt einer sogar kritischen Öffentlichkeit. Damit kamen die ehemaligen Herren im Lande natürlich nicht klar. Auf der anderen Seite machte es für einen Journalisten aber auch keinen Sinn, allzu forsch aufzutreten, denn ihr Hausrecht innerhalb der Kasernen wahrten die entrechteten Besatzer mit Nachdruck. Also hatte sich Markus mit dem zuständigen Mann vom „Amt für Konversion" verabredet, also dem Mann, der für die möglichst geordnete Übernahme der von den Russen genutzten Anlagen zuständig war. ‚Man wolle einfach einmal den Fortgang des Abzuges betrachten'. Dafür hatte man ihnen eine Besuchsgenehmigung ausgestellt.

Der Mann am Schlagbaum, dessen martialische Wirkung ein wenig an Glanz verloren hatte, erwartete sie schon. Er begleitete sie zunächst ins Büro des Kommandanten, das in einer jener Villen untergebacht war. Dass der Schwamm in diesen Mauern steckte, fiel sogar einem Laien auf. Das Treppenhaus roch undefinierbar unangenehm, irgendwie muffig. Hinter dem Schreibtisch des Kommandanten saß ein Mann, der in seiner Uniform gewiß würdig aussehen wollte. Lag es an ihm oder an Martins in Köln geprägter Einstellungen zu Uniformen, dass er seine Erscheinung wohlwollend als bedauernswert, zynisch als belustigend und zutreffend als anachronistisch beurteilte?

Der General oder Oberst oder was auch immer beäugte Martins Kamera mißbilligend.

„Sie machen nur große Aufnahmen", sprach er ihn in leidlichem Deutsch an.

„Ja!", beteuerte Martin und log weiter: „Das hier ist ein Weitwinkelobjektiv!"

Der Feldherr verstand ihn zwar nicht, aber er nickte grimmig, ohne das breite Grinsen von Markus zu bemerken.

Martins Aufgabe war es, zu fotografieren, und also drückte er auf den Auslöser, was das Zeug hielt, sobald sie auf dem Landeplatz standen, auf dem schon seit einiger Zeit kein Düsenjäger mehr gestartet oder gelandet war. Militärisches Gerät von strategischer Bedeutung kam ihm hier gewiß nicht mehr vor die Linse. Dennoch hatte er, irgendeiner Eingebung folgend, auch seine alte kompakte Sucherkamera vom Format einer Zigarettenschachtel in der Tasche.

Nun schritten sie also über die Landebahn, Markus, der Herr vom Konversionsamt und der „Hauptmann von Köpenik", zeigten hierhin und dorthin und sich selbst äußerst interessiert. Markus notierte eifrig, bis er mit einem Mal die Nase rümpfte und damit erstmalig offiziell den Geruch zur Kenntnis nahm, der ihnen von Beginn der Begehung an in der Nase stach.

„Riecht das hier immer noch nach Cherusin?", fragte er betont harmlos, wenn auch ein wenig zu direkt.

„Na, die Hangars offen! Der Geruch - Sie wissen schon."

„Na gut, aber die sind doch ziemlich weit weg."

„Wir können hineingehen", forderte der Generalfeldmarschall auf und beeilte sich beim Vorangehen.

Markus ließ sich nicht beirren und kniete auf dem in der Tat klebrig wirkenden Rasen nieder. Abermals rümpfte er die Nase.

„Der Geruch kommt aus dem Rasen!"

„Meine Herren, ich glaube, Sie gehen jetzt besser!"

„Sie haben Cherusin in den Boden abgelassen! Der ganze Grund ist verseucht!"

„Das ist nicht wahr, aber ich möchte, dass Sie jetzt das Gelände verlasssen."

Der Major schob Markus bereits vor sich her. Martin ließ den Motor seiner Kamera surren.

„Geben Sie es zu!"

„Nichts gebe ich zu. Ich habe hier Hausrecht. Gehen Sie!"

Markus holte eine Packung Streichhölzer heraus.

„He, lassen Sie mich los!"

Der Uniformierte schrak kurz zurück, das war er wohl nicht gewohnt. Markus zündete ein Streichholz an.

„Wie wäre es, wenn ich das jetzt auf diesem Rasen fallen lasse?"

„Machen Sie keinen Blödsinn!“
Der inzwischen verzweifelte Würdenträger stürzte auf
Markus mit einer abwehrenden Handbewegung zu - und
Martin hatte es auf Zelloloid.
„Raus mit Ihnen - raus“, brüllte er mit heiserer, sich über-
schlagender Stimme. Und dann ging er auf Martin zu.
„Und Sie geben mir Ihre Kamera!“
„Das ist meine Kamera, Sie haben kein Recht darauf!“
„Aber auf den Film!“
Martin machte einen hilflos, verzweifelten Gesichtsaus-
druck.
Er drehte den Film in die Spule und nahm ihn heraus. Der
wiedererstarkte Häuptling nahm ihn und riß den Zello-
loidstreifen aus der Spule, um ihn gegen die Sonne zu
betrachten. Dann lachte er hämisch.
„Ist ja gar nichts drauf, junger Mann. Wo haben Sie foto-
grafieren gelernt? - Und jetzt raus mit Ihnen!“
Vor den Toren der Kaserne zog Markus Bilanz.
„Wir können das schreiben. Schließlich haben wir einen
Zeugen. So eine Scheiße, dass er dir den Film wegge-
nommen hat!“ Das war Martins großer Augenblick.
„Welchen Film meinst du, etwa diesen?“
Und dann holte er seine „Kleine“ aus der Tasche. Markus
sah ihn zunächst entgeistert an, und als er Martins Grinsen sah, wich seine Entgeisterung und er begann zu
strahlen. Er ging auf Martin zu, griff mit beiden Händen
nach seinem Kopf, schüttelte ihn mit den Worten
„Mensch, Olle!“ und küßte ihn auf beide vom Lachen ganz
pausbackigen Wangen.
„Das war klasse, Olle. Das war ganz klasse!“

Markus grinste breit, als er am Abend das Martins Ge-
burtstagspäckchen öffnete. Er freute sich wirklich. Er
drückte Martin fest, gab ihm einen Kuß auf die Wange
und meinte:
„Ein Taschenmesser - ein echtes Schweizer - das braucht
halt ein richtiger Junge!“
Es sollte mal wieder so ein richtiger Ruppi-Abend werden.
Markus hatte selbst gekocht. Es gab Ente! Die Küche sah

aus, als hätte er die Ente zuvor in eben dieser Küche eigenhändig einfangen und erschlagen müssen. Doch es schmeckte wunderbar. Nicht jeder hatte einen Platz an dem leicht welligen Küchentisch gefunden, so verzehrte man das vorzügliche Gericht halt von den Knien. Es war warm in der Bude, so warm, dass das Wasser wieder von den beschlagenen Scheiben an den Seiten des Fensterbrettes, vorbei an der aufgeblähten und abgeblätterten Farbe auf die Dielen tropfte.

Mit den Stunden lichteten sich die Reihen. Auch die eigentliche Gastgeberin, Katja, hatte sich in ihre Gemächer zurückgezogen.

Gegen Mitternacht waren noch - wer sonst - Markus, Bruno und Martin übrig. Man war inzwischen zum philosophischen Teil des Abends übergegangen, wenn das Thema auch auf den ersten Blick dazu nicht geeignet schien. Mit Blick auf das bevorstehende Wochenende, an dem Martin gegen Mittag seinem Freund Bruno nach Erfurt zum Fasching folgen sollte, diskutierte man heftig über die Auswüchse des Karnevals. Martin, als gebürtiger Kölner, hatte da einiges beizusteuern. Das Bier allerdings drohte, zur Neige zu gehen - und die Zapfstellen rings um Neuruppin waren längst geschlossen.

„Mar-in,", lallte Markus, „du'scht doch schtimmt 'n Kasten Bier 'm Auto!"

„Was für'n Auto fäscht'n du jetzt eintlich?", erkundigte sich Bruno und schwenkte dabei seinen Kopf direkt vor Martins Nase.

„Weisch nisch - äh - Gerds Wartburg!"

Martin hatte in letzter Zeit Dauerprobleme mit seinem Bulli.

„Ejal!", insistierte Markus, „da is' schtimmt noch 'n Kassn Bier drinne!"

Doch Martin schüttelte den schweren Kopf, als ein Klacken am Fenster zu vernehmen war.

„Da schleuert wieder einer junge Fellsn anne Scheibe", stellte Markus mit erstaunlichem Scharfsinn fest. Und Bruno zeigte sich ebenso erstaunlich entschlossen:

„Na, dann woll'n mer doch mal nachschaun!"

Martin schaffte als erster den Schwung in den Stand. Er öffnete das Fenster, wobei das unerwartete Nachgeben des Fensterflügels ihn beinahe um das Gleichgewicht gebracht hätte. Dann beugte er sich - auch nicht ganz ungefährlich, dieses Neigen des Kopfes bei gleichzeitigem Druck auf den Bauch - hinaus und erblickte eine Etage tiefer zwei Polizisten - oder waren es vier? - Nein, zwei. Und zwei von den beiden - nein! - einer rief hinauf:
„Wohnt hier ein Herr Gerd Kolbe?"
„Nö!", antwortete Martin wahrheitsgemäß.
„Jaa!", betonte Bruno, der über der Schulter von Martin lag und damit den Druck des Fensterbrettes auf Martins Bauch erhöhte.
„Quatsch!", entgegnete Martin.
„Nu mach die Anlenheit nisch noch problem-m-m..., noch schwirier!"
„Also, was ist nun?", erschallte es von der Straße hinauf.
„Alljo," klärte Bruno mit unglaublicher Geistesgegenwart die Situation, „wenn'se den Wartburg meinen - mit dem fährt zur Tscheit meine Kolleje hier!"
„Nun," erläuterte der freundliche Herr in Grün, „in diesen Wagen ist eingebrochen worden."
„Wir kommen!"
Atemlos erscheinen die drei vor den Hütern des Gesetzes. Die ihrerseits grinsten sich an, und klärten dann die Angelegenheit auf. Tatsächlich hatte jemand den von Gerd ausgeliehenen Wagen geknackt und die darin befindliche Tasche entwendet. Dabei aber war er beobachtet worden von den eben den beiden ambitionierten Schutzmännern. Die hatten ihn sofort festgenommen und mit auf die Wache genommen. Nun galt es für Martin, natürlich unterstützt von Bruno und Markus, das verhinderte Diebesgut zu identifizieren.
Die Beamten zeigten sich verständnisvoll und erboten sich, die drei zu chauffieren. In der Amtsstube bot sich den dreien ein Bild des Grauens. Rings um die Tasche lagen Taschentücher, ja sogar Unterwäsche verstreut.
„Ist das ihre Tasche?", fragte einer der Polizisten eindringlich.

„Jawoll!", antwortete Martin zackig.

„Na, dann schauen Sie noch mal nach, ob auch nichts fehlt!"

Zielstrebig griff Martin in die Tasche hinein und erleichtert holte er aus ihren Tiefen eine Flasche Grappa hinaus.

„Die hat er uns vorenthalten!", beschwerten sich Markus und Bruno entrüstet bei der Polizei, die das aber wohl nicht für einen Straftatbestand hielt. Stattdessen:

„Na, dann ist ja wohl alles in Ordnung - wir bringen sie jetzt wieder nach Hause!"

An dieser Stelle sei bemerkt, dass der Weg von der Polizeistation bis zur Wohnung von Katja zu Fuß etwa fünfzig Meter weit war - mit dem Auto aber waren aufgrund der etwas diffusen Verkehrslenkung der Kreisstadt gut zwei Kilometer zurückzulegen.

Und es bedarf wohl auch keiner Erwähnung, dass die Flasche Grappa den Abend nicht überlebte. Was jedoch erstaunte, war die Tatsache, dass Markus am folgenden Morgen ungewöhnlich früh und - ebenso ungewöhnlich - gut gelaunt die Redaktion betrat. Bruno und Martin haben ob dieses Phänomens einige Zeit gerätselt. Bis Katja bemerkte, dass ein merkwürdig alkoholischer Geruch vom Teppich des Zimmers ausging, in dem dieser schreckliche Abend seinen Verlauf genommen hatte - und zwar genau von der Stelle, an der Markus seinen Platz gehabt hatte ...

Untermieter lindert Trennungsschmerz

Von Katja Basler

Neuruppin. Guido Westermann, Geschäftsführer der Neuruppiner Wohnungsgenossenschaft (NWG), besiegelte mit einem Satz den sozialen Abstieg der Familie Brokdorf: „Die erhalten von uns sofort die Kündigung!" Bei einer allerdings wird es nicht bleiben. Seine Sektretärin wird derer gleich zwei ausfertigen müssen. Denn das einträgliche Geschäft der Neuruppiner Bäckersfamilie mit den von der Genossenschaft angemieteten Wohnungen hat System.

Ein System, auf das Vater Heinz Brockdorf vor einem halben Jahr stieß. Damals verließ Tochter Gundula per Heirat den Schoß der Familie und damit die ebenso gemütliche wie dank Fördergelder preiswerte Wohnung in der Wilhelm-Pieck-Straße. Der Mietvertrag, der die Pacht mit monatlich 150 Mark bezifferte, hingegen blieb in den Händen von Vater Heinz. Und der machte aus der Not der Wohnungssuchenden eine für ihn einträgliche Tugend, die lautet: „Tue Gutes und verdiene daran!" Ein Untermieter nämlich war rasch gefunden - auch einer, der bereit war, monatlich 500 Mark zu berappen.

„Das ist ungesetzlich", erklärte Westermann dem „Ruppiner Allgemeinen", denn schließlich seien die Wohnungen der Genossenschaft öffentlich gefördert und dienten mithin nicht dem Porfitstreben der Mieter. Zwar seien Untervermietungen durchaus üblich, doch müßten sie per entsprechendem Vertrag mit der NWG besiegelt werden und dürften die von ihr geforderten Mieten nicht übersteigen. Mithin besteht ein Vertrag mit dem Nachmieter der Zweitwohnung nur per Handschlag mit Heinz Brockdorf.

Vor wenigen Wochen nun wurde die Wohnung des Sohnes frei, der sich zu einer Ausbildung im fernen Köln entschieden hatte. Die Aussicht auf weitere Mieteinnahmen trocknete alsbald die Tränen des vom Trennungsschmerz übermannten Vaters. Auch diese Wohnung sollte nicht lange lehr stehen.

Ans Licht gerieten die merkantilen Aktivitäten des Bäckers, als Mitarbeiter der NWG zu einem routinemäßigen Besuch der Wohnung bei dem neuen Untermieter (Name ist der Redaktion bekannt.) auf der Matte standen und sich nicht schlecht wunderten, dass sie dort nicht den Sohn Bernhard Brockdorf antrafen.

So reduziert sich der Wohungsbestand der Bäckersfamilie auf ihren tatsächlichen Bedarf, und in Neuruppin freuen sich heute zwei Mieter über eine unerwartete Mietreduzierung.

Martin bemühte sich in diesen Tagen nach Kräften, Evelyn die Bewältigung der Wochenendsportseite möglichst problemlos zu gestalten. Er schrieb Meldungen auf Vorrat, ebenso wie längere Reportagen, die schön viel Platz einnahmen. Außerdem galt es, Freie zu organisieren, die Spielberichte übernahmen. Deshalb saß er auch am Dienstagabend noch allein in der Redaktion, während Evelyn und Sven bereits in Oranienburg waren. Da klingelte das Telefon.

„Gransee-Boote!"

„Mensch Martin, jetzt ist aber Schluß mit Arbeit!"

Am anderen Ende war Klaus, ein junger Kollege, der in Neuruppin oft für die Sportseite schrieb.

„Klaus, mein Freund! Du hast ja so Recht. Aber ich muß noch diesen Job über den Bartke auf die Seite setzen. In Oranienburg warten sie schon darauf. Du weißt. Es geht um diesen Vorsitzenden, den sie gestern abgesägt haben. Das ist aber auch ein korruptes Schwein! Aber was kann ich dir antun?"

„Ich wollte dir etwas antun. Ich habe gehört, dass du - oder besser ihr - euch an den beiden vergangenen Abenden in erster Linie geistigen Genüssen hingegeben habt!"

„Oh, hör bloß auf!"

„Na, und da dachte ich, dir könnte etwas Sport gut tun."

„Klaus - du weißt doch, was ich davon halte!"

Wie oft war Martin gefragt worden, welchen Sport er - als Sportjournalist - denn triebe? Und stets hatte er geantwortet: ‚Ich treibe keinen Sport. Ich schreibe darüber und erlebe ja ständig, was dabei herauskommt: Zerrungen, Verstauchungen, Brüche!' Den Spruch kannte natürlich auch Klaus. Doch er zeigte sich unbeeindruckt.

„Trotzdem. Wir könnten Verstärkung für unser Volleyball-Team gebrauchen. Willst du nicht mal mitmachen?"

Zwei Stunden später stand Martin am Rande der Halle und erholte sich von der Aufwärmphase. Als er wieder einigermaßen bei Puste war, schaltete er sich in die Trainingseinheit ein. Es galt, Schmetterbälle abzublocken. Als der erste Ball über's Netz flog, stand er noch fest auf den Füßen,. als der Ball bereits gegen die Hallenwand prallte.

'Jetzt aber, dachte er sich beim zweiten Versuch, sprang, riß die Arme hoch - und da war es auch schon passiert. Ein kurzer Ruck, ein stumpfer Schmerz, dem die absolute Gefühllosigkeit im rechten Arm folgte. Martin sagte noch:
„Der Arm ist draußen!",
dann wurde ihm schwindelig. Als er wieder aufwachte, lag sein Kopf im Schoß einer sehr sympathischen Sportlerin, die ihm begütigend das Haar strich.
„Klaus ist schon den Wagen holen."
Der Wagen war ein Trabi - und der Weg zur Klinik weit und holprig. Als sie die Notfallambulanz erreichten, kannte Martin jedes Schlagloch mit Vornamen. Wenige Minuten später zog die Schwester ein Spritze auf, darauf eine gut Zeigefingerlange Nadel. Kaum, dass der Arzt sie aus seiner Schulter wieder herauszog, war sie auch schon hinriechend betäubt, um den Arm wieder einzurenken.

Aus dem Denkmal wird nichts werden

Bartke in Schimpf und Schande aus Vorstand entlassen

Häsen. (mat) Seine Augen wurden groß und kugelrund, seine Hände legte er gewichtig auf seine Brust, als Karl-Heinz Bartke vor den versammelten Mitgliedern des Häsener Sportvereins (HSV) eine kühne Vision beschwor: „Vielleicht setzt man mir ja einmal ein Denkmal!" Doch wie die Dingel liegen, ist der seit gestern per außerordentlicher Generalversammlung abgewählte Vorsitzende des HSV von derartigen Ehrungen weiter entfernt denn je. Es hat zwar einige Zeit gedauert, doch inzwischen ist man auch in dem vom örtliche Sportverein regierten Dorf darauf gestoßen, dass es mit der gemeinnützigen Gesinnung zumindest des Vorsitzenden nicht weit her ist.

Dabei hat man ihm in der jüngeren Vergangenheit so einiges verziehen, wengleich Regina Allbrecht, Leiterin des örtlichen Kindergarten, nicht zu denen gehören dürfte, die dem Ex-Vorsitzenden milde gesonnen ist. War es doch Karl-Heinz Bartke, der im Vorfeld der Haushaltssitzung des Häsener Rates im Herbst dafür sorgte, dass 30.000 Mark an Haushaltsmitteln nicht, wie ursprünglich geplant, der Sanierung des Kindergartengebäudes zuflossen, sondern der in den Augen des kommunalen Sportfunktionärs wichtigeren Installation einer Flutlichtanlage für den Trainingsplatz des Landesligisten.

Eine fatale Entscheidung, wie sich herausstellte. Denn inzwischen stehen rings um die Werkbänke des Kindergarten keine bastelnden Kinder mehr, sondern Eimer, die das durch die poröse Decke rinnende Regenwasser auffangen. Den Ausschlag für den Sturz des großen Vorsitzenden aber gab der Kauf eines LKW, den der HSV aus der Vereinskasse tätigte. Der für den trotz aller sportlicher Erfolge nicht allzu gut betuchten Vereins beachtliche Betrag von 15.000 Mark nämlich floß direkt auf das Konto eines Privatmannes mit Namen Karl-Heinz Bartke. Der hatte den reichlich altersschwachen Lastwagen unmittelbar vor der Wende erstanden - zum Preis von 2.000 Mark - Ostmark - vom HSV! Den Kaufvertrag unterzeichnete als Verkäufer Karl-Heinz Barkte und als Käufer im Auftrag Karl-Heinz Bartke. Mit diesem Vertrag beschäftigen sich jetzt Rechtsanwälte. Und der bei den Häsenern in Ungnade gefallene Bartkel wird Mühe haben, sein Tun als im Sinne des Vereins darzustellen. Dabei sah der ehemalige Vereinsvorsitzende seine Büste doch schon auf einem Sockel mitten auf dem Dorfplatz.

Nun hatte Martin ganze zwei Tage, um für die Tour nach Erfurt wieder fit zu sein. Am liebsten hätte er das Vorhaben abgeblasen - doch Bruno erkannte keine Entschuldigung an. Fast ärgerte es ihn, dass man in Gransee auch ohne ihn auskam. Dafür aber freute er sich darüber, heute eine Tagesfahrt nach Berlin mitmachen zu können - wenn auch nur als „Einarmiger Bandit", denn der rechte Arm steckte in der Schlinge unter dem Pullover. Markus verbat ihm gestreng, die Schlinge vor Freitagabend abzunehmen. Als es also mit Bruno, Evelyn, Dieter und Markus in die Hauptstadt ging, war er mithin noch reichlich gehandicapt.

Die Damen und Herren Lokalredakteure nämlich erhielten zum Ausgleich für Wochenenddienste einen freien Tag. Ein Luxus, von dem Martin in seiner Ein-Mann-Sportredaktion nur träumen konnte. Nun, und diesen Tag legten sie nach Möglichkeit auf einen gemeinsamen Termin, um größere Unternehmungen ins Auge fassen zu können. Heute stand Berlin auf dem Programm.

Traditionell stand ein Besuch im „Café Bleibtreu" als erstes auf der Tagesordnung. Dieses Café nämlich war berühmt für ein opulentes Frühstück, das sich in der Regel bis in den frühen Nachmittag ausdehnte. Martin bestellte bewußt Dinge, die er auch einarmig zu sich nehmen konnte, also schlichte belegte Brötchen. Allein, das weichgekochte Ei sollte Probleme machen. Doch wozu hat man Freunde? Dieter wußte wohl selbst nicht, was er sich da antat, als er seinem „behinderten" Kollegen anbot, das Ei festzuhalten, derweil Martin es auslöffeln sollte. Schließlich war Martin auch mit zwei gesunden Armen nicht sonderlich geschickt. Nach einem Frühstück oder Mittagessen konnte man stets ohne sonderliches detektivisches Talent den Platz herausfinden, an dem er gesessen hatte. Ein Ei aber mit der linken Hand ohne zu kleckern aus der Schale zu holen, war ihm und vor allem Dieter an diesem Morgen nicht vergönnt. Noch lange amüsierte man sich in Ruppi-Kreisen über das Dieters Gesicht, dessen Züge schon nach dem ersten Löffeln entgleisten und das er bald darauf verzweifelt in die freie

Hand vergraben sollte. Doch er überstand diese Prüfung mannhaft, wenngleich er hernach doch kurz das Waschbecken in der Herren-Toilette aufsuchte.

Dieses Erlebnis muß Martin wohl angespornt haben. Jedenfalls faßte er am Abend den Mut, den Verband abzunehmen. Und siehe da, der Arm tat es wieder! Das Unternehmen „Erfurt" konnte in Angriff genommen werden.

Davor werden noch unsere Enkel ihre Kinder warnen

Von Evelyn Voigt

Fürstenberg. Zum Einstieg ein paar Zahlen aus der Geschichte: Im Januar 1945 standen sich im Land Brandenburg auf einer Strecke von 200 Kilometern insgesamt 4,5 Millionen Soldaten gegenüber. Allein der sowjetische Teil der alliierten Streitkräfte bot 60.000 Geschütze auf, 10.000 Panzer planierten sich ihren Weg nach Berlin, 14.000 Flugzeuge bedeckten das Land mit Bomben.

Vorstellbar? Vielleicht. Doch nicht mehr vorstellbar ist die Zahl der Geschosse, die damals abgefeuert wurden und bis heute in Wälder und Wiesen des Landes lauern, über die Spaziergänger stolpern oder die Kinder entdecken könnten. Und unvorstellbar der Gedanke, dass im Land Brandenburg noch Flächen in der Größe von insgesamt 27.000 Hektar von den Munitionsteilen geräumt werden müssen, die während des Krieges und danach aus heißen Rohren katapultiert wurden.

In Fürstenberg beginnt nun eine neue Ära der Munitionsentsorgung in diesem Land. Es gilt erstmals, die Geschoß-, Granaten- und Bombenteile aufzuspüren und zu vernichten, die nach dem Krieg von den hier stationierten sowjetischen Streitkrften verschossen wurden. Seit Januar dieses Jahres liegen der Firma Röhrig alle dazu notwendigen Genehmigungen vor. Warum also beginnt die Entsorgungsfirma nicht mit einer Arbeit, die so dringend not tut? Die Gegenfrage ist nicht neu: „Wohin damit?" heißt sie. Noch ist das Zwischenlager des gefährlichen Schrotts nicht gefunden. „Munitionsreste sind keine Tomaten", stellt Jürgen Röhrig, geschäftsführender Gesellschafter der Entsorgungsfirma, lapidar fest.

Die Hoffnung, der Staatliche Kampfmittelräumdienst habe Raum dafür, erwies sich als trügerisch. Man habe, so hieß es in der Berliner Zentrale, schließlich kaum Platz für die eigenen Funde. Nun soll eine Lagerhalle auf dem Gelände der alten Munitionsfabrik in Wulkow bei Neuruppin die Munitionsreste aufnehmen. Ende April, so hofft Jürgen Röhrig, ist die Sache in trockenen Tüchern.

Seine Firma blickt indes in eine gesicherte Zukunft. Jürgen Röhrig stellt dazu ebenso nachdenklich wie zuversichtlich fest: „Vor den Bombenresten werden noch unsere Enkel ihre Kinder warnen."

Noch ein paar Zahlen zum Schluß: 15 Mark kostet der Quadratmeter munitionsfreie Landschaft im günstigsten Fall. 4.000 Hektar sind zwischen Gransee und Fürstenberg zu durchkämmen. Und: ein Hektar, das sind 10.000 Quadratmeter.

Heute nun war der Tag, an dem Martin gegen Mittag Bruno nach Erfurt zu folgen hatte. In aller Eile hatte er noch eine kleine Reportage über einen Karate Dojo in Gransee geschrieben, die Bilder ausgezeichnet und dann Evelyn für das Wochenende instruiert. Jetzt saß er in Gerds Wartburg und haderte mit seinem Schicksal. Da hatte er einmal ein freies Wochenende, und da tat er sich solch einen Streß an! Bis Erfurt waren es immerhin rund 400 Kilometer - ein langer Weg, vor allem auf den Straßen Brandenburgs und schon gar in einem Wartburg. Natürlich geriet er auf der Höhe von Halle in einen Stau, den er zu umgehen suchte, indem er eine Route quer durch die Stadt an der Saale nahm. Und natürlich verfuhr er sich hoffnungslos. Als er die Autobahn wiedergefunden hatte, war die wieder frei. Er bildete sich ein, dem Stau ausgewichen zu sein, doch wahrscheinlich hatte er sich ganz einfach aufgelöst. Es war bereits dunkel, als er an dem ihm genau beschriebenen Haus in Erfurt ankam, in dem er Bruno und seine Freunde finden und übernachten sollte.

Die Zwei-Zimmer-Wohnung in der dritten Etage war so eingerichtet, wie man es von Studenten erwartet. Von den Wänden war nichts mehr zu sehen. Überall hingen wellige Fotos, Zeitungsausschnitte mit Erinnerungswert oder Setzkästen. Den größten Teil der Wandfläche jedoch beanspruchten Kiefer-Regale, vollgepfropft mit Literatur. Die Sitzgruppe war eine aus irgendeinem Elternhaus ausrangierte. Licht gab es wenig, Kerzen hingegen jede Menge.

Martin und Susanne freuten sich sehr, sich zu sehen und umarmten sich herzlich - für Bruno vielleicht ein wenig zu herzlich. Der Reihe nach wurde er den Leuten vorgestellt, die die kleine Wohnung bevölkerten. Es herrschte emsige Geschäftigkeit, galt es doch, sich auf einen Faschingsball an der Uni vorzubereiten.

„Oh Gott", fiel es Martin brühwarm auf, „ich habe ja gar kein Kostüm."

„Och, da finden wir schon etwas für dich."

Das war übrigens das erste, was er von Maria, Brunos Schwester, zu hören bekam. Sie hatte ihn bislang eigentlich nicht beachtet, war eben viel zu beschäftigt.

„Hast du 'ne Idee?", erkundigte sich Martin.

„Tja, - wie wär's denn..." und dabei wickelte sie ihm ein Handtuch um den Kopf. Maria war ein kleines Mädchen. Ja, alles an ihr war klein, bescheiden, still. Kleine, runde Hände, eine kleines, rundes leicht sommersprossiges Gesicht, runde Augen, darum tiefschwarze Haare in einer unscheinbaren, runden Frisur. Unter einem schmucklosen Pullover und einer unscheinbaren Jeans verbarg sich eine Mädchenfigur, die so gar nichts hatte von der Grazie, die zum Beispiel Susanne ausstrahlte, oder von der aufdringlichen Erotik Katjas, an die sich Martin immer noch nur zu gut erinnerte. Gewiß hatte sie eine hübsche Figur, aber sie war nicht Gegenstand ihrer Persönlichkeit. Sie strahlte keinen Sex aus, repräsentierte nicht, spielte nichts, war einfach nur ein Mädchen. Ihre Bewegungen waren ruhig, bestimmt, aber nicht ohne Leben. Martin war durch ihrer Nähe nicht beunruhigt - im Gegenteil.

„... mit Scheich?"

„Jau," amüsierte sich Bruno, „und dann ein Schild auf den Rücken: ,Nicht ohne meine Tochter!' "

Allgemeines Gelächter besiegelte die Kostümkreation für diesen Abend. Wenig später machte man sich auf den Weg zum Ball. Martin fiel sofort auf, dass Erfurt eine fotogene Stadt war. Als während des Fußmarschs zum Campus die Rede auf das morgige Frühstück kam und darauf, dass es wohl nicht vor elf Uhr stattfinden würde, warf Martin sich in die Brust:

„Im Leben habe ich noch nicht bis elf Uhr geschlafen! Nein, es macht euch doch nichts aus, wenn ich vorher ein paar Fotos mache. Ich bringe dann auch frische Brötchen mit."

Das Angebot wurde dankbar zur Kenntnis genommen. Der Weg führte durch einen Park, der Pfad ließ nur Zweiergruppen zu. Die Pärchen fanden rasch ihre Hände, vor Martin gingen Susanne und Bruno. Neben Martin Maria in gebührendem Abstand. Sie hatte per Theaterschminke ihr

Gesicht in zwei Hälften geteilt, eine rote und eine weiße. Zufällig unter einer Laterne blickte sie zu ihm auf. Wie schön sie war! Ein völlig ebenmäßiges, gleichseitiges, klares, ehrliches Gesicht sah da zu ihm auf.

Die gesamte Uni schien zur Faschingsfetenhalle umdekoriert worden zu sein. Es dauerte schon fast eine halbe Stunde, bis alle ihre Jacken abgegeben hatten. Gerade noch rechtzeitig kamen sie zur inzwischen traditionellen Kabarett-Show, die den Fasching an der Erfurter Uni einzuweihen pflegte.

Martin sah kaum etwas von dem Kabarett. Dafür spürte er etwas. Auch wenn er es nicht in der gebührenden Form registrierte.

Er stand mit dem Rücken zu einem Heizkörper, der zwar ausgestellt war, denn schließlich produzierten die hunderte von Jugendlichen genügend Wärme, der aber geeignet war, als Standpunkt für kleinere Menschen zu dienen. Und also stand Maria hinter ihm darauf, hatte ihren Spaß an der Vorstellung - und stützte sich bei ihm auf seinen Schultern auf. Und Martin spürte ihre kleinen, ruhig auf seine Schultern gestützten Hände, die ganze Wärme, die von ihrer zurückhaltenden, bescheidenen Persönlichkeit ausging. Er genoß das ganz intensiv, und zwar deshalb, weil er sich dabei nicht berührt fühlte, sonder gehalten.

Als die Vorstellung beendet war, hob er Maria von dem Heizkörper herunter, nahm sie kurz in den Arm, und sie schmiegte sich ganz kurz an ihn. Vielleicht war das der Moment, in dem er sich in sie verliebte. Heute weiß er das nicht mehr so genau.

Der Abend in den von Musik und jungen Menschen erfüllten, verschachtelten Räumen der Uni Erfurth nahm eine unerwartete Wendung, als Susanne einer ehemaligen Freundin begegnete, deren Herz offenbar voll war von den Unbilden des jugendlichen Gefühlslebens. Und da Susannes Herz voll Mitgefühl war für eine Freundin, die unter der - übrigens zumindest in den Augen Brunos verständlichen - Mißachtung der gesamten Männerwelt litt, suchten sich die beiden Mädels eine mäßiger beschallte

Umgebung, die eine eingehende Besprechung ermöglichte.
Derweil zogen Maria, Bruno und Martin von einer Theke zur nächsten. An jeder wurde Bruno alkoholisiert euphorisch von ehemaligen Kommilitonen begrüßt - und fast an jeder mit den Worten:
„Hast du deinen Bruder mitgebracht?"
Beide nahmen das innerlich amüsiert, äußerlich mit der geziemenden Entrüstung zur Kenntnis. Beide betonten eilfertig, wie unangenehm ihnen die Vorstellung sei, mit „dem da" verbrüdert zu sein. So vergingen ein oder zwei Stunden, ehe sich Bruno und Susanne wieder über den Weg liefen. Bruno hatte in der Zwischenzeit mächtig Zorn angesammelt. Und das war der Moment, da Maria Martin wieder bei der Hand nahm, um ihn beiseite zu ziehen. Sie hatte ein besseres Gespür als Martin, und erkannte, dass es besser sei, einer Luft zu entfliehen, in der die Blitze zu zucken begannen. Sie haben das streitbare Pärchen des Abends noch ein oder zweimal aus der Ferne beobachtet, sahen wilde Gesten und versteinerte Mienen, und gingen daher weiter ihrer Wege.
Maria wunderte sich an diesem Abend über sich selbst. Sie ertappte sich dabei, wie sie diesem Martin beinahe ihre ganze Lebensgeschichte erzählte. Und auch Martin hatte Grund, sich zu wundern, den er stellte den an ihm bislang ungekannten Wesenszug fest, zuhören zu können, auch wenn es nicht darum ging, eine Story zu recherchieren. Mehr und mehr fand er Gefallen an diesem kleinen, zierlichen, schwarzhaarigen Mädchen mit dem niedlichen, runden Gesicht, den treuen Knopfaugen und den warmen, weichen Händen. Und noch etwas war ihm aufgefallen: Sie tanzte auf eine solch bescheidene, musikalische Art, dass man sie schon deshalb lieb finden mußte.
Es war nach Mitternacht, als sich die zwei - ohne die debattierenden Bruno und Susanne - auf den Weg in die Wohnung machten, die ihnen heute ein Dach über den Kopf bieten sollte.

Und als sie es sich wenig später im Wohnraum gemütlich
machten - Chris de Burgh im Hintergrund - da war schon
wieder Platz für ein Glas Rotwein.
Und dann stellte Maria eine Frage, die - ohne das sie es
wußte - persönlicher nicht sein konnte:
„Wie kommt es eigentlich, dass es einen Wessi wie du
nach Neuruppin verschlagen hat?"
„Willst du die Geschichte wirklich hören? Es ist eine lange
Geschichte."
Maria traf den Nagel auf den Kopf:
„Du willst doch gerne erzählen - also los!"

. . .

Martin freute sich auf dieses Gespräch. Er hatte keine Ahnung,
was ihn erwartete. Aber es machte ihm Spaß, im Anzug aus
seinem sauberen Auto zu steigen, wenn es auch zwischen den
Karossen - alle mit zwei Antennen am Heck - ein wenig unter-
ging. Dennoch hatte er das Gefühl: da gehörte er jetzt zu! Den
Trench über dem Arm, die Aktentasche ohne wesentlichen
Inhalt in der linken Hand, so betrat er beschwingten Schrittes
den modernen Empfangsraum, hinter dessen gläserner Eingangstür eine Reihe von Firmenschildern an zwei Ketten über-
einander hingen: „Jochen Runke - Geschäftsführender Reprä-
sentant der ORGANISATION". Immer noch tappte Martin im
Dunkeln. Nur die Farbe, in der die Schrift des Firmenschildes
gehalten war, kam ihm bekannt vor.
„Guten Tag, ich habe einen Termin mit Herrn Runke von der
ORGANISATION."
„Einen Moment bitte."
Die elegante Dame am Empfang tippte zweimal auf das Tasten-
feld eines gestylten Telefons, meldete ihn an und sagte:
„Dritte Etage bitte."
„Welches Zimmer?"
„Die ganze Etage gehört der ORGANISATION."

Nach kurzer Wartezeit empfing ihn ein Mann, Mitte Dreißig. Gepflegter Vollbart, wache, fast lustige Augen, dunkelblauer Nadelstreifenanzug, Krawattennadel.

„Herr Thaler, bitte nehmen Sie Platz."

Das Büro war hochmodern eingerichtet. Hellgrauer Veloursteppich, Stukturtapete, an der Wand ein gerahmtes Poster: „Manhatten bei Nacht", ein schwarzer Schreibtiisch, dahinter einer voluminöser Chefsessel, eine schwarze Ledergarnitur rings um einen Marmortisch. Sie ließen sich beide ins Leder sinken. Nun war Martin am Zuge. Sicher mußte er wirken, selbstbewußt, nicht zu leger, aber locker. Also:

„Ja, Herr Runke, ich dachte mir, ich erzähle zunächst mal etwas von mir, und dann würde ich aber auch gerne wissen, was es mit der ORGANISATION auf sich hat."

„Erfahren Sie, Herr Thaler, erfahren sie. Aber ganz recht: zuerst sind Sie dran."

Kurz durchatmen - nicht zu schnell reden!

„Zu meiner Situation: ich bin Student der Betriebswirtschaftslehre hier an der Uni, verlobt und werde Vater."...

Martin studierte in Köln - nicht sehr engagiert und nicht sehr erfolgreich. Allzu oft hatten ihn andere Dinge abgelenkt. Allzu oft glaubte er Geld verdienen zu müssen, das er gar nicht brauchte. Denn von Hause aus hatte er alles: eine kleine Wohnung in Uni-Nähe, regelmäßige Bezüge, einen Kleinwagen. Dieses Auto hatte er, so glaubte er, sich selbst verdient. Beim Verkauf eines größeren Hauses seines Vaters hatte Martin über einen Kommilitonen Kontakt zu einem Immobilien-Makler hergestellt, der schließlich selbst gekauft hat. Beide Seiten hatten so die Courtage gespart. Der Makler hat Martin daraufhin großzügig mit 2000 Mark entlohnt. Sein Vater aber entschloß sich, dem Sohn ein neues kleines Auto vor die Tür zu stellen.

Jetzt saß er in diesem Auto und war unterwegs nach Mönchengladbach, an dessen Fachhochschule seine Freundin studierte. Sie sahen sich in dieser Zeit nur am Wochenende. Doch aus dem Samstag und dem Sonntag wurden meist drei, noch öfter vier Tage.

Martin bog in die Erftstraße ein, parkte das Coupé vor dem großen Rasenplatz unter den alten Kastanien und stieg aus.

Martin war groß aber nicht mehr ganz schlank. Doch machte er dieses Manko mit einer lässigen, mitunter etwas schlacksigen Art, sich zu bewegen wett. Für einen Studenten war er etwas zu elegant gekleidet mit einer dunkelblauen Buntfaltenhose und einem modischen Strickpulli. Doch das Outfit paßte zu seinem Wagen.

Claudia sprang zwar nicht von ihrem Schreibtisch auf, um ihm um den Hals zu fallen, als er mit seinem Schlüssel die Tür zu ihrer Wohnung öffnete, doch sie strahlte ihn an, als er ins Zimmer trat.

„Na, wieder mal fleißig?", stellte Martin beinahe ungläubig fest. Claudia bereitete derzeit ihre Diplom-Arbeit vor. Sie stand also kurz vor ihrem Examen, während Martin noch am Vordiplom bastelte.

„Mmh", stöhnte sie, „aber ich habe gar keine Lust. Mir geht es auch nicht besonders gut. Seit zwei Tagen habe ich Magendrücken. Ich glaube, mir ist der Ärger im KAUFHAUS auf den Magen geschlagen."

Claudia arbeitete Samstags in einem großen Kaufhaus an der Kuchentheke. Vor einigen Tagen hatte es Krach mit dem Abteilungsleiter gegeben. Doch ihren Job hat sie deshalb nicht verloren.

„Wir machen jetzt ein kleinen Bummel durch die Stadt", schlug Martin vor, „und dann wird es dir schon bald wieder besser gehen."

„Ja, aber vorher müssen wir noch im Supermarkt einkaufen."

Davon war Martin zwar nicht begeistert, doch es mußte wohl sein. Claudia verbrachte mit Begeisterung ihre Zeit in Supermärkten und stellte Preisvergleiche an. Geld sparte sie dabei in der Regel nicht, denn sie kaufte üblicherweise mehr ein, als notwendig.

Das Wochenende verging ohne Höhepunkte. Sie lernte eifrig in ihrem Studierzimmer, er brav aber lustlos am Küchentisch. Sie aßen zusammen, hielten einen kleinen Mittagsschlaf auf dem Sofa, das sich ausklappen ließ. Abends gingen sie nicht aus. Claudia ging es immer noch nicht besser. Im Fernsehen lief ein Heimatfilm. Claudia war begeistert. Martin stellte sich ein großes Weißbier dazu. Das Bier und Claudias große Augen vor dem Fernseher, nur so war der Film zu ertragen.

Am Montagmorgen ging Claudia zu ihrem alten Hausarzt. Doch der konnte nichts feststellen und hatte nur einen Rat für sie: sie sollte doch mal zum Gynäkologen gehen oder Schwangerschaftstest machen. Entrüstet fuhr sie in die Stadt und wartete in Martins Wohnung. Eine Stunde später kam er nach Hause.

„Stell' dir vor", empfing sie ihn, „der Dr. Cornelius behauptet, ich sei schwanger."

„Kann der das denn feststellen?"

„Natürlich nicht, aber er meint, wir sollten einen Schwangerschaftstest machen."

„Du solltest einen Test machen.", korrigierte Martin, der penibel auf die Wahrung der deutschen Sprache achtete. Claudia war genervt.

„Aber das ist doch unmöglich!"

„Was, einen Test zu machen?"

„Herrgott, nein! ..., dass ich schwanger bin."

„Das sehe ich anders."

Martin hatte mitunter pragmatische Momente.

Sein nächster Weg führte ihn in die Apotheke. Nach dem Studium der Gebrauchsanweisung begann das Warten auf den kommenden Morgen. Beide wußten den Tag über nicht, ob sie darüber sprechen sollen oder nicht. Sie taten es nicht, obwohl Martin an nichts anderes mehr dachte. Beim Abendessen wollte er die Sache zur Sprache bringen, doch Claudia würgte ihn ab.

„Hör zu!", sagte sie in ihren resoluten Ton. „Noch ist nichts sicher und noch will ich über ein Baby keinen Gedanken verschwenden. Also kein Wort dazu!"

Der Befund am Morgen war eindeutig. Und noch immer herrschte diese Sprachlosigkeit. Sie hielt an bis zum Abend. Da lag Claudia mit einem Mal auf der Couch und begann zu weinen. Martin setzte sich zu ihr und streichelte ihre Wangen, während er mit der anderen Hand fieberhaft nach einem Taschentuch in seiner Hosentasche fingerte.

„Claudia, ..., du magst mich für verrückt halten, aber ich freue mich. Ich freue mich riesig auf ein Baby."

„Ein Baby, was sollen wir denn damit anfangen?"

„Na, lieb haben!"

„Ach, das genügt doch nicht. Hast du dir mal überlegt, was da auf uns zukommt? Wir brauchen eine neue Wohnung, eine

Waschmaschine, regelmäßiges Geld. Ich will doch nicht mein Baby von den Eltern bezahlen lassen. An einen Beruf darf ich gar nicht erst denken. Wofür habe ich denn die ganzen Semester studiert? Und in ein paar Jahren komme ich in den Job nie mehr 'rein, ohne Berufserfahrung."
Martin senkte den Kopf, denn er wußte keine Antwort darauf. Nicht, dass er diese Probleme nicht erkannt hätte. Er konnte sie nur beim besten Willen nicht aufwiegen gegen ein Baby. Hier Geldsorgen - da Abtreibung. Seine Sprachlosigkeit hatte einen einfachen Grund: Er verstand seine Freundin einfach nicht. Für ihn war eine Abtreibung legalisierter Mord aus niederen, weil finanziellen Beweggründen. Niedrig gerade in ihrem Fall auch deshalb, weil es einem Paar, das in einer Familie lebt, in der es auf beiden Seiten keinen Mangel gab, nicht so schlecht gehen kann, dass es nicht ein Baby durchbringt. Das war der Punkt:
„Claudia, du glaubst doch nicht im Ernst, dass es uns nicht gelingt, das Baby zu ernähren."
Das verstand nun Claudia nicht. Natürlich würde es ihnen gelingen, das Kind durchzubringen. Aber um welchen Preis? Das hatte sie ihm doch gerade zu erklären versucht. War ihm denn gar nicht klar, was es für sie bedeutet, das Studium zu den Akten zu legen, um Windeln zu wicklen? Und merkte er denn garnicht...
„Es geht doch auch um dein Studium. Ich werde mich um das Kind kümmern müssen. Irgendwoher muß das Geld kommen. Von den Eltern? Auf keinen Fall! Also, du mußt verdienen. Wahrscheinlich kannst du dein Studium auch an den Nagel hängen. Ist dir das klar?"
Martin war hilflos. Er wußte, dass sie Recht hatte. Doch was war das für ein Handel: Hier Studium - da ein Menschenleben?

Sie entschieden sich für das Kind. Der Entschluß stand fest, als der Arzt ihnen einige Tage später den Ultraschall-Bildschirm zeigte. Eine schwarze Fläche, in der Mitte ein millimetergroßer, weißer Punkt, der heftig pulsierte. Das Herz ihres Kindes.
Wenige Tage später fuhren Claudia und Martin für ein paar Tage an die Nordsee. Martins Eltern hatten auf Borkum ein altes Ferienhaus. Das war der richtige Ort, um nachzudenken.

Vor allem für Martin. Er liebte diese Insel und die Stimmung, die von ihr ausging - ganz besonders außerhalb der Saison.

Wenn er auf der Insel war, dann hatte Martin stets große Filme vor Augen. Eigenartig war, dass hier die Athmosphäre, die von einem Film ausging in besonderem Maße der dieser Insel ähnelte. Hier hatte er all' die ganz großen Leinwandereignisse erlebt, die man inzwischen sattsam im Fernsehen präsentiert bekam, so daß sie - und das hatten nach Martins Auffassung solche Filme nicht verdient - schon langweilten. Er war sehr froh, ‚Doktor Schiwago', ‚Vom Winde verweht', ‚Spiel mir das Lied vom Tod' und ‚Rians Tochter' das erste Mal auf der Leinwand erlebt zu haben und nicht im Fernsehen. Und besonders froh war er, sie auf Borkum in einem Kino gesehen zu haben, das sich seit der Zeit, da diese Kunstwerke entstanden, nicht verändert hatte. Die Melancholie des Schiwago, die Heroik des Red Buttler, all' diese eindrucksvollen Stimmungen, sie trug Martin mit sich, wenn er nach dem Film vorbeiging an den Prachtfassaden der alten Strandhotels dieser Insel. Sie waren gleichermaßen verwittert, wie die verfallenen Straßendörfer Irlands, die nie wieder so fotografiert wurden, wie in den Scenen, da Rians geächtete Tochter ihren letzten Gang durch ihr Heimatdorf machte.

Was Wunder, dass Claudia und Martin nach einem Kinobesuch an der Ballustrade der Promenade oberhalb des Strandpavillions, von dem aus schon damals nur noch selten Konzerte gegeben wurden, eine Scene spielten, die einer breiten Leinwand würdig gewesen wäre.

Sie saßen auf einer Bank und schauten auf das Leuchtfeuer, das von den Halligen in der Emsmündung ausging. Er hatte sie im Arm, wahrscheinlich hatte er noch einen ihrer Küsse auf den Lippen - sie waren nach langer Zeit wieder einmal richtig verliebt.

Martin wußte, war er zu tun hatte, um Claudia zu begeistern. Er mußte Zielstrebigkeit, Energie und Fleiß zeigen. Das hatte er getan in den letzten Tagen. Tatsächlich hatte er seine Studienbücher mitgenommen, und in der Tat hatte er sich auch an die Arbeit gemacht. Für Claudia zählte die Tat, nicht Vorhaben oder Beteuerungen. Umso erstaunlicher war, dass es Martin gelang, Claudia immer wieder mit seinen Träumen zu begeistern. Hier am Meer war der richtige Ort, um von Träumen zu sprechen.

„Freust Du Dich inzwischen ein wenig auf das Baby?"

„Ach Martin! Ich freue mich sehr auf das Baby! Ich habe nur Angst vor den Begleitumständen. Bist Du sicher, dass Du das Studium schaffts, trotz all' der Verpflichtungen, die auf dich zukommen."

„Welche Verpflichtungen? Glaubst Du, ich werde mich nicht um das Baby kümmern? Oh, ich habe schon meinem ältesten Neffen Sven die Windeln gewechselt..."

Sie unterbrach ihn:

„Martin, Du verstehst mich schon wieder nicht. Ich denke an ganz andere Dinge. Du mußt nebenbei Geld verdienen - und zwar nicht zu wenig. Wir brauchen eine größere Wohnung und laufend Geld für Anschaffungen. Was glaubst Du, was wir alles anschaffen müssen! Allein die erste Ausstattung!"

„Die kaufen wir second-hand."

„Nichts dagegen. Aber auch gebrauchte Kinderwagen oder Kinderbetten kosten Geld. Am meisten aber macht mir die Wohnung Kummer."

„Ach Schatz," Martin blickte sinnend in die Ferne, „vielleicht mieten wir uns ja ein kleines Haus. Stell' Dir vor, den oder die Kleine brauchen wir dann nur vor die Tür zu schicken."

„Ja, klar. Kein Problem. Die Miete zahlen wir spielend!"

„Okay, nahe der Stadt kosten auch Drei-Zimmer-Wohnungen 1000 Mark im Monat. Aber wenn man bereit ist, ein wenig zu fahren, kriegt man dafür ein Haus zur Miete."

„Also, zum einen zahlst Du dann mit dem Sprit wieder drauf, und zum anderen wollen auch erst einmal 1000 Mark im Monat aufgebracht sein."

Martin nahm Claudia nun fester in den Arm.

„Glaub' mir, wir schaffen das. Wenn wir nur Ideen haben und fleißig sind, dann schaffen wir es."

„Ja, Martin, Ideen hast Du, das stimmt."

Martin glaubte wirklich an sich und an die gemeinsame Zukunft. Claudia wollte es glauben.

Vater werden! Jobsuche, Anzeigen studieren, Bewerbungen schreiben, Gespräche führen, Freunde fragen - wichtigere Aktivitäten waren jetzt angesagt, als wirtschaftswissenschaftliche Betrachtungen über den „Cournot'schen Punkt" oder „vertikale Bilanz-Kennziffern". Wieder daheim konzentrierte sich Martin auf seinen Ideenreichtum. Dass er dabei sein Studium aus dem Blick verlor, wollte er nicht wahrhaben.

Ein guter Freund wußte Hilfe bei seiner Jobsuche. Es war Jürgen. Jürgen und Martin kannten sich über die Clique von Studenten, mit denen er die Tage auf der Uni-Wiese oder im Café und die Abende in der Kneipe verbrachte. Jürgen war ein gutaussehender, ausgesprochen gepflegter Typ. Er hatte Latein und Geschichte studiert und war eigentlich Lehrer. Doch sein Geld verdiente er als Immobilien-Makler. Offenbar erfolgreich, denn er fuhr einen BMW und hatte ein tolles Büro. Soviel hatte Martin schon begriffen: in der freien Wirtschaft sind nicht Examina gefragt sondern Leistung.

„Ich hätte da etwas für dich.", war seine Antwort am Telefon. „Komme doch morgen früh gegen 10 Uhr in die Brüsseler Straße 105 und frage nach Jochen Runke."

Das war es.

Und so saß Martin nun in diesem Super-Büro und bemühte sich einen jugendlich dynamischen Eindruck zu machen.

... und werde Vater."

Martin hatte große Mühe, auf dem Ledersofa dieses noblen Büros eine Position zu finden, die ihn locker erscheinen ließ. Doch der ORGANISATION-Geschäftsführer verstand es, eine gelöste Stimmung aufzubauen.

„Oh, herzlichen Glückwunsch!", freute sich Runke und verschränkte die Arme miteinander.

„Na, noch ist es nicht so weit."

„Wann?"

Herr Runke lächelte Martin freundschaftlich an.

„In etwas mehr als einem halben Jahr."

„Super! Glauben Sie mir, so ein Baby ist etwas Wunderbares. Da wissen sie wenigstens, wofür sie leben und arbeiten."

„Haben sie Kinder?"

Herr Runke blieb offen:

„Nein, leider nicht. Aber vielleicht können Sie mir dabei einen Tip geben."

Entspannendes Lachen. Dann wieder Ernst:

„Aber sie brauchen mir jetzt nicht mehr zu erklären, warum sie hier sind. Nun, bei uns müssen sie mit Menschen umgehen können. Aber das können sie. Das merke ich schon jetzt.“

Martin hörte ruhig und geduldig zu. ‚Nur nicht mit aufdringlichen Fragen unterbrechen!' Er wird schon erfahren, was er tun soll. Und vor allem: ‚nicht unkritisch sein!'

„Herr Thaler, ich male immer etwas auf, wenn ich unsere Arbeit erkläre. Das können sie dann auch mit nach Hause nehmen und ihrer Frau zeigen. Also kommen wir zur Sache. Herr Thaler, es geht um Geld. Oder?“

„Klar.“

In die linke untere Ecke schrieb Runke mit kräftigem, schwarzen Filzer in Großbuchstaben das Wort „GELD“.

„Was soll aus ihrem Geld mal werden, Herr Thaler?“

Herr Runke sah Martin fest und doch freundlich in die Augen. Martins Sicherheit ging allmählich verloren.

„Äh, mehr Geld.“

„Richtig, Herr Thaler, mehr Geld oder am besten: ein Vermögen!“

Mit einem schwungvollen Bogen zog Runke den Filzer auf dem quer gelegten DIN-A4-Blatt nach rechts oben, schrieb ganz groß „VERMÖGEN“ hin und zog einen Kreis darum.

‚Junge,' dachte Martin, ganz Herr der Situation, ‚als wenn das so einfach wäre!'

„Was würden sie mit einem Vermögen machen, Herr Thaler?“

„Vielleicht ein Haus kaufen... oder ein schickes Auto“

„Oh ja, welchen Wagen würden sie denn so bevorzugen?“

„Nicht die gängigen Marken, mir würde ein Maserati gefallen. Der ist etwas außergewöhnlicher.“

„Hmmm, sie haben aber einen exquisiten Geschmack, Herr Thaler! In Antrazit, wahrscheinlich...“

„Ja, und mit Holzarmaturenbrett und Ledersitzen...“

„....und 280 PS unter der Haube, Wahnsinn!... Wollen wir mal sehen, wie wir ihren Maserati an Land ziehen?“

‚Nun aber halblang!' dachte Martin, ‚Glaub' nicht, dass ich darauf reinfalle...' und laut:

„Klar, würde ich schon gerne wissen.“

„Das geht natürlich nicht von heute auf morgen!“

„Aha, na also. Aber wenigstens ehrlich ist er.'
„Vielleicht könnten sie es sich ja auch leisten, mit dem Vermögen im Rücken etwas früher mit der Maloche aufzuhören. -
Also ich mache mit 55 Schluß! Dann will ich endlich mal was
vom Leben haben! Reisen, die Welt sehen. Denken sie mal! Mit
Mitte 50 ist man doch noch kein alter Mann, aber ihr Sohn oder
ihre Tochter ist bis dahin aus dem Haus. Wie alt sind sie, Herr
Thaler?"
„28 Jahre."
„Na, dann haben wir ja ungefähr 25 Jahre Zeit, zu ihrem Vermögen zu kommen. Und wenn sie mal in die Jahre kommen,
dann brauchen Sie schon ein Polster. Bei der Gelegenheit: sie
kennen doch die Unterteilung des Lebens in drei Bereiche,
oder?"
Kurzes Nachdenken.
„Ja, Jugend, Arbeitszeit, Alter."
„Sehr richtig, Herr Thaler, sie informieren sich viel, oder? Nun,
nennen wir es mal Ausbildung, Beruf, Rente. Aber das meinten
sie ja. Herr Thaler, wann war man so vor ungefähr 25 Jahren,
also in den 60ern, mit der Ausbildung fertig?"
„Weiß nicht. So mit 18 Jahren?"
„Stimmt genau. Und heute?"
„Na, später. Ohne Abitur kann man ja heute nichts mehr werden
und dann die Lehre oder das Studium..."
„Eben!"
Es dauerte eine Weile, bis Martin begriff, dass dieser Herr Runke ihn für ein Versicherungsprogramm zu begeistern suchte,
dass er verkaufen sollte. Martin ließ sich darauf ein, schließlich
wollte er Geld verdienen.
„Was kann man damit denn verdienen?", erkundigte sich Mar-
tin, nachdem er dem Vortrag seines Gegenüber geduldig und
aufmerksam zugehört hatte.
„Also, Herr Thaler, das hängt ganz von ihnen ab."
„Also an mir soll's nicht liegen!"
„Das glaube ich ihnen gerne, Herr Thaler. Aber oft liegt es an
der Zeit, die man erübrigen kann. Wie oft in der Woche hätten
sie denn Zeit, um richtig Geld zu verdienen.?"
„Also ich hoffe ja immer noch, mein Studium zu beenden."
„Eben. Also sagen wir einmal zehn Stunden in der Woche?"

„Soviel bestimmt." Martin beschloß schon jetzt, je nach Höhe der Einkünfte mehr als zehn Stunden zu arbeiten.

„Gut, das sind also etwa fünf Termine pro Woche. Übrigens, das erwarten wir auch in etwa von unseren Leuten. Nun, wie hoch schätzen sie bei diesem Programm die Erfolgsquote ein?"

„Vierzig Prozent?"

„Na, sagen wir mal 30 Prozent. Wir wollen ja auf dem Teppich bleiben. Und der durchschnittliche Sparbetrag pro Monat ist 100,- Mark. Für solch' einen Vertrag erhalten Sie von uns 500,- Mark Provision."

Herr Runke machte eine Pause, derweil in Martins Kopf die Zahlen Schlange standen.

„Das sind ja knapp 1000 Mark in der Woche für 10 Stunden Arbeit, also fast 4000,- Mark im Monat...!!!"

Herr Runke sagte nichts, zog nur eine seiner buschigen, schwarzen Augenbrauen hoch.

„Reicht Ihnen das?"

„Also für's erste..."

Martin mußte fast Losprusten vor Vergnügen. Doch Herrn Runke ließ dieser Betrag offenbar kalt.

„Also, unter uns, Herr Thaler, dafür würde ich nicht arbeiten." Pause.

„Schauen Sie, wir wollen schließlich, dass sie nicht nur etwas nebenher verdienen. Sie sollen, wenn sie es wollen, richtig Knete verdienen. Der Amerikaner nennt es treffend: ‚To make money.' Sie sollen Geld machen. Daher haben wir uns ein System ausgedacht. Also, wir rechnen die Vertragssummen, die sie verkaufen, in Einheiten um. Nach einer bestimmten Summe von Einheiten, steigen sie eine Stufe empor. Das gelingt ihnen gewiß nach etwa zwei Monaten. Zunächst einmal verdienen sie dann schon 600,- Mark pro 100-Mark-Sparer. Nebenbei, Herr Thaler, welcher Arbeitgeber gibt ihnen nach zwei Monaten eine 20prozentige Gehaltserhöhung?... Aber die Hauptsache ist: Sie können sich dann Freunde, Kunden, als Mitarbeiter einstellen. Sie gründen gewissermaßen ihren eigenen Betrieb! Und an jedem Vertrag, den ihre Mitarbeiter abschließen, verdienen sie die Differenz zwischen dem Gehalt in der ersten Stufe und Ihrem Provisionssatz."

Runke machte eine Pause, um Martin im Kopf rechnen zu lassen.

„Ein Beispiel. Sie haben drei Mitarbeiter. Jeder von ihnen arbeitet, na sagen wir mal acht Stunden in der Woche. Ist ja nicht jeder so fleißig wie sie, Herr Thaler. Also bringt jeder von ihnen etwa einen Vertrag pro Woche nach Hause. Das sind vier Verträge pro Monat und von allen ihren Mitarbeitern kommen 12 pro Monat 'rein. Macht zwölfhundert Mark, Herr Thaler. Was tun Sie dafür? Nichts! Also fast nichts, am Anfang müssen Sie die Leute ein wenig betreuen. Aber dann... Sie verkaufen natürlich selbst munter weiter. Acht, bis dahin vielleicht zehn Verträge im Monat, weil ihnen die Sache Spaß zu machen beginnt, jeder zu nunmehr 600,- Mark.“

„Macht insgesamt 7.200 Mark im Monat.“

Martin stöhnte bei dieser Feststellung beinahe.

„Aber,“ fiel es Martin ein, „was ist, wenn die drei auch in die nächste Stufe aufrücken?“

„Gute Frage! Dann sind Sie schon wieder eine Stufe weiter. Und ihre Leute fangen an, sich auch Mitarbeiter einzustellen. Jeder macht Verträge, jeder 100er-Vertrag bringt etwa 30 Einheiten. Und an jeder Einheit, die in Ihrer Struktur gemacht wird, verdienen sie, Herr Thaler, fünf Mark.“

Martin konnte es kaum glauben.

„Das heißt also, dass ich auch etwa 100 Mark verdiene, wenn einer von den Leuten, äh, also von den Leuten meiner Leute einen Vertrag verkauft?!“

„Sehr richtig.“

„Das explodiert dann ja geradezu!“

Runke stand nun auf und geht ins Vorzimmer. Mit einigen Unterlagen kam er zurück.

„Denken Sie mal darüber nach, ob sie bei uns Geld machen wollen. Hier sind die Bewerbungsunterlagen, die sie dann bitte ausfüllen. Wenn sie sich ein wenig beeilen, kriegen sie noch im nächsten Seminar einen Platz. Ich würde mich sehr freuen, Sie begrüßen zu dürfen!“

Man verabschiedete sich höflich und man versprach, sich wieder zu sehen.

„Na, wie ist es gelaufen?", erkundigte Claudia sich, als Martin von seinem ersten Termin bei einem Kunden zurückkehrte.
Claudia war richtig neugierig auf das Ergebnis. Eigentlich wollte Martin ehrlich antworten, doch er hielt sich zurück, als er sah, dass Iris da war, eine gute, alte Freudin der beiden.
„Er ist sehr interessiert an der Sache, will es sich aber noch durch den Kopf gehen lassen."
„Ich habe gerade von Claudia gehört", schaltete sich Iris ein, „du verkaufst jetzt das Programm der ORGANISATION."
Martin warf Claudia einen beschwörenden Blick zu, konnte aber nicht anders als mit „Ja." antworten. Doch dann kam die Überraschung:
„Ich habe von dem Programm schon gehört und bin eigentlich sehr daran interessiert."
„Ich kann dir gerne etwas davon erzählen."
„Gerne, aber nicht jetzt - ein anderes mal."
„Wollen wir einen Zeitpunkt vereinbaren?", fragte Martin, bemerkte sofort die Offenheit der Frage und beeilte sich, anzufügen:
„Morgen abend hätte ich Zeit oder am Freitag zum Kaffee?"
„Ach, laß uns den Mittwochabend vereinbaren."
„Bei mir?"
„Gerne!"
„Siehst du", freute sich Claudia, „klappt doch prima mit deinen Terminen."
Als Claudia und Martin dann allein waren, war das Thema für die beiden nur das Kind. Claudia kam nun in den dritten Monat. Sie fühlte sich prima.
Martin traute sich nun endlich, ein heikles Thema anzusprechen.
„Hast du eigentlich schon einmal darüber nachgedacht, zu heiraten?"
„Ja natürlich!" Claudia grinste. „Aber bis dahin bleiben wir doch zusammen!"
Martin mußte trotz des Ernstes seiner Frage lachen.
„Im Ernst," kam Claudia zum Thema, „hältst du das für notwendig?"
„Eigentlich ja. Denn solange wir nicht verheiratet sind, habe ich, wie du weißt, keine Rechte an unserem Baby."

„Aber das ist doch nur juristisch so. Zwischen uns ändert sich doch nichts, ob wir verheiratet sind, oder nicht."
„Eben! Dann können wir auch heiraten."
„Aber du verdienst noch kein regelmäßiges Geld, ... und überhaupt."
Claudia bockte, und Martin war ziemlich enttäuscht. Für diesen Abend hatte er keine Lust mehr, darüber zu reden.
Am Sonntag darauf waren sie - wie sehr häufig - bei Claudias Eltern zum Mittagessen eingeladen. Diese sonntäglichen Essen waren von spießiger Gemütlichkeit. In einer guten Stube, überladen mit Eiche-Möbeln, Spitzendecken auf Beistelltischen, echten Persern auf Parkettboden, spielte sich jeden Sonntag - nach der Kirche wohlgemerkt! - die gleiche Zeremonie ab. Und Martin genoß diese Spießigkeit, die für ihn zugleich Geborgenheit bedeutete. Bei diesen Menschen war halt alles im Lot. Und solange man sich darauf einließ, also nicht hinterfragte oder kritisierte, solange konnte man sich in dieser kleinen, wohlanständigen, gemütlichen Welt sehr wohl fühlen. Man durfte nur nicht darüber nachdenken, dass klein eigentlich engstirnig, wohlanständig eigentlich verlogen und gemütlich eigentlich muffig heißt.
Claudias Eltern konnten nicht anders. Man konnte ihnen ihre Spießigkeit nicht einmal übel nehmen. Denn sie waren damit durch ihr Leben gekommen. Sie waren schon recht alt. Ihre Mutter war damals 66 und ihr Vater schon über 70 Jahre. Sie waren aus Schlesien geflohen und hatten sich ihre Existenz mit Fleiß und Sparsamkeit aufgebaut.
Nach dem Essen herrschte Atemnot rings um den sorgsam gedeckten Tisch. Als der Cognac eingegossen wurde, setzte der Vater gerade an, mit buchhalterischer Akribie eine Kalkulation der Ausgaben für das eben verzehrte Mal aufzustellen, um sie dann zum krönenden Abschluß den fiktiven Kosten eines Restaurant-Essen gegenüberzustellen. Martin lächelte bei diesen Exerzitien üblicherweise in sich hinein.
An diesem Sonntag aber kam er nicht zu seiner Kalkulation. Die mitunter resolute Ehefrau unterbrach ihn abrupt mit der Frage an die Tochter:
„Na, wann wird denn nun geheiratet?"

„Tja,“ stammelte Claudia, „vielleicht heiraten wir ja standesamtlich, oder auch nicht ...“
„Aber das Kind muß doch einen Namen haben!“
Betretenes Schweigen.
„Ich sag' euch was: jetzt wird geheiratet, und zwar richtig!“
Martin strahlte.

. . .

„Wie war eure Hochzeit?“, wollte Maria wissen.
„Sie wurde in aller Eile aus dem Boden gestampft. Schließlich durfte in der so überaus wichtigen Nachbarschaft niemand wissen, dass Claudia ein Baby erwartete. Es war nun noch eine Frage von Wochen, bis das jedoch jeder sehen konnte. Denk' Dir, wir haben in der Fastenzeit geheiratet - für Katholiken wie die Eltern von Claudia geradezu ein Sakrileg. Die Feier selbst war nicht besonders. Aber ich erinnere mich gut an die Trauung in der Kirche. Der Pfarrer hat wirklich gut gepredigt. Doch eines werde ich wohl nie vergessen. Als Claudia in ihrem weißen Kleid von ihrem Vater hereingeführt wurde, da hatten ihre Augen einen ganz merkwürdigen Ausdruck. Sie glänzten, wie ich es nie wieder bei ihr erlebt habe. Und ich habe wohl auch nie wieder so viel für sie empfunden, wie in diesem Augenblick.“
„Ihr müßt euch doch auch geliebt haben. Schließlich habt ihr ein Kind!“
Sie wußte, dass sie ihm ein bißchen Zeit lassen mußte. Entweder erzählte er nun, oder nicht. Doch Martin setzte an:
„Wie soll ich das beschreiben? Es war mir damals nicht klar, aber heute würde ich sagen: Es war eine freudlose Liebe, Claudia war und ist eine schöne Frau. Kleine Schöhnheitsfehler - logisch. Aber auch große Vorzüge. Runde, weibliche Schultern, ein ebenmäßiges, klares Gesicht, hellwache, große, stahlblaue Augen.“
Er unterbrach sich, sie ihn nicht. Und dann:

„Sie hat eine perfekte Oberweite...“
Dann lächelte er und lenkte ab:
„Ich wollte sie immer Oben-ohne fotografieren, weil sie bis
zur Taille, die übrigens sehr schmal war, wirklich super
aussah... Nur ihre Beine hatten keine Mannequin-Maße ...
Worauf ich hinaus will ist, dass es beileibe keinen Grund
gab, Claudia nicht auch ausgesprochen erotisch zu fin-
den. Und doch war unsere Liebe absolut mechanisch.“
Jetzt mußte er abermals tief Luft holen. Doch er fuhr fort:
„Das letzte mal mit ihr hätte eigentlich viel früher passieren müssen. Ich weiß nicht mehr, ob an diesem Abend
eine besonders schöne Stimmung herrschte, ich weiß nur
noch - du wirst es nicht glauben, aber es stimmt - der
Fernseher lief. Und wir zogen uns aus und bemühten uns
um ein Vorspiel.“
Maria kicherte nicht verlegen, sie sah ihm nur ruhig in die
Augen.
„Und dann kam das, was kommen mußte. Und so
schlimm das für mich - nein, für uns beide war, so richtig
war es von ihr. Sie meinte nur: ‚dieses Gekraule geht mir
auf den Zeiger!‘ Und damit war der Versuch gescheitert...“
Er zitterte jetzt ein wenig, als er nach seiner Pfeife griff.
„Das war das letzte Mal, dass wir intim waren.“

. . .

Martin war nicht gut drauf. Iris hatte ihren Vertrag storniert, das
hatte er beim wöchentlichen Meeting erfahren. Jürgen war dort
auch nicht mehr so freundschaftlich, wie noch vor zwei Wochen
- Martin spürte, dass er mehr von ihm erwartet hatte, als zwei
Abschlüsse in 14 Tagen. Dabei hatte er sich wirklich bemüht.
Zehn Termine hatte er hinter sich. Nur bei der Hälfte war er
überhaupt dazu gekommen, sein Verkaufsgespräch zu Ende zu
führen. Immerhin, zwei hatten einen wenn auch kleinen Vertrag
gemacht. Seine Provision bislang: 550 Mark. Davon konnten
Claudia und er nicht leben, soviel stand fest.

Auf der anderen Seite kam Martin kaum noch zum Studieren. Zu sehr lenkte ihn das Geschäft und das Baby, das da entstand, ab. Es war ja auch letztlich wichtiger, Geld zu verdienen. In fünf Monaten würden sie zu dritt sein. Da galt es, einige Vorbereitungen zu treffen. Eine größere Wohnung mußte her, und langsam ging es daran, erste Anschaffungen zu tätigen.

Es machte zudem Spaß, Kinderwagen zu testen oder über ein größeres Auto nachzudenken. Denn mit ihrem besseren Zweisitzer war ein Kinderwagen kaum zu befördern. Aber wie einen Wagen kaufen und eine größere Wohnung finanzieren, wenn man nicht genügend Geld verdient? Und dann noch studieren? Nein, Martin hatte wahrlich andere Probleme.

Und mit diesen Gedanken im Kopf saß er auf dem ausgeklappten Sofa neben Claudia, und stierte in den Fernseher, ohne zu registrieren, was da gerade flimmerte.

„Wir kommen so auf die Dauer nicht klar", bemerkte Claudia, ohne den Blick von ihrem Strickzeug abzuwenden. „Du brauchtest ein regelmäßiges Einkommen. Wenigstens eine Grundlage, mit der wir rechnen können. Wenn dann von der ORGANISATION noch etwas dazu kommt, umso besser."

Martin atmete tief durch. Er mußte erkennen, dass Claudia recht gehabt hatte, als sie ihm das Ende seines Studiums ankündigte. Aber was sollte er tun? Einen Beruf hatte er noch nicht. Irgendwie kam er in seinen Gedanken auf Jürgen. Makler, das kann doch nicht so schwer sein, dacht er sich. Schließlich war er auch schon einmal als Vermittler eines Immobilienverkaufs erfolgreich gewesen. - vor einem Jahr, als das Haus des Vaters zum Verkauf stand. Da waren eine Reihe von Telefonaten, einige Besichtigungen, ein paar Gespräche... Und wenn er die korrekte Courtage erhalten hätte, als Makler eben, dann wäre er etwa 50000 Mark reicher gewesen. Das muß man sich mal vorstellen! Davon kann man ein Jahr lang leben! Zwei so Dinger im Jahr und man kann sogar gut leben. Und wenn man erst jeden Monat ein Haus verkauft!

Martin träumte weiter in den Fernseher hinein. Seine Überlgungen Claudia mitzuteilen getraute er sich nicht. Die würde ihn für verrückt erklären. Dabei wäre das Risiko so gering. Mehr als einen Schreibtisch und ein Telefon brauchte er nicht. Er könnte den Job von der Wohnung aus machen. Mensch das wär' was.

Selbständig, freie Einteilung der Arbeitszeit - und schlechter als im Moment konnte es ihnen nun wirklich nicht gehen. Morgen würde er die VWL-Vorlesung ausfallen lassen und statt dessen mal zur Bank gehen. Zufrieden und wieder zuversichtlich füllte Martin sein Bierglas nach.

„Guten Morgen! Mein Name ist Thaler, ich hätte gern den Filial-Leiter gesprochen!"
„In welcher Angelegenheit?"
„Wegen einer Existenzgründung."
„Einen Moment, ich frage mal nach, ob Herr Müller Zeit hat."
Herr Müller hatte Zeit. Nach etwa zehn Minuten kam er in den Kundenbereich der Leipziger Bank und holte Martin ab. Herr Müller war ein kleiner, grauhaariger Mann in den Fünfzigern.
„Mein Name ist Müller. Ich bin hier der Leiter der Kreditabteilung", leitete er das Gespräch ein. „Was kann ich für sie tun, Herr Thaler?"
„Tja, ich spiele sehr ernsthaft mit dem Gedanken, mich als Immobilien-Makler selbständig zu machen. Dafür aber muß ich vorher wissen, ob ich dieses Vorhaben finanzieren kann. Denn eine gewisse Zeit werde ich ohne Einkommen sein, statt dessen aber Kosten haben..."
„Herr Thaler, verzeihen sie, wenn ich sie unterbreche, aber haben sie Vorkenntnisse in der Branche?"
„Ich habe schon einmal den Verkauf eines Hauses vermittelt - erfolgreich. Dabei habe ich bemerkt, dass mir das liegt. Ich kann mit Menschen umgehen und habe auch im Versicherungsbereich erste Erfolge. Ich arbeite mit der ORGANISATION zusammen. Auf diese Weise kann ich neben der Immobilie auch die Lebensversicherung und die Finanzierung dazu anbieten."
„Haben sie denn schon die Gewerbegenehmigung nach Paragraph 34c?"
„Soweit bin ich noch nicht. Ich muß erst einmal schauen, ob das Vorhaben überhaupt realistisch ist."
Martin hatte keine Ahnung, wovon Herr Müller sprach, aber er wollte sich keine Blöße geben.
Herr Müller fragte weiter:
„Haben sie denn kaufmännische Vorkenntnisse?"
„Ja, ich habe Wirtschaftswissenschaften studiert."

Herr Müller zog die Augenbrauen hoch. Zum Glück fragte er nicht nach dem Abschluß.

„Haben Sie für ihr Vorhaben ein Konzept?"

Ohje! Martin wußte einen Moment nicht, was er antworten sollte. Doch dieser kurze Moment des Nachdenken wirkte nicht schlecht. Der sonst so spontane Martin wirkte überlegt und bedacht.

„Ja, ich will vor allem mit Baufirmen zusammenarbeiten. Dann hat man nicht nur ein Haus an der Hand, sondern gleich ein ganzes Vorhaben. Natürlich werde ich auch einzelne Immobilien verkaufen."

„Dann mache ich ihnen einen Vorschlag: gehen sie mal zur Firma „Concept-Bau". Die haben nämlich ein bißchen Pech mit ihrem Makler für ein kleineres Bauvorhaben in der Brüsseler-Straße. Der Mann ist schwer krank. Vielleicht kommen sie ins Geschäft. Und dann kommen sie wieder zu mir. Dann nämlich können wir über einen Dispositionskredit sprechen."

Martin wußte, was er zu tun hatte. Die Sache begann, ihm Spaß zu machen. Die Firma Concept-Bau war in einer Kleinstadt ansässig und hatte dort einen guten Namen. Soviel hatte ihm Herr Müller mitgegeben. Und der Geschäftsführer hieß Radl.

Herr Radl war ein großer, schlanker, Mann Ende Dreißig. Kurz geschorenes Haar, kantiges Gesicht. Aber seine freundliche Art hatte etwas Jungenhaftes.

„Herr Thaler, setzen sie sich, wo sie Platz finden", lud Herr Radl Martin ein und packte dabei emsig ein paar Akten vom Sessel.

„Kaffee?"

„Oh, ja!"

Martin fühlte sich sofort wohl in diesem zwar gediegen eingerichteten aber ziemlich unordentlichen Büro.

„Worum geht's, Herr Thaler?"

„Nun, ich habe per Zufall erfahren, dass sie in der Brüsseler Straße ein Bauvorhaben ohne Makler haben..."

„Und sie sind Makler?"

„Ich will einer werden."

„Haben sie denn schon mal Häuser verkauft?"

„Nö!"

Martin grinste, und Herr Radl lachte Martin offen ins Gesicht, aber nicht gehässig oder ablehnend. Nein, es schien, als sei Martin mit seiner offenen Art bei diesem kumpelhaften Typ auf der Gewinnerstraße.

„Und da kommt der Herr Thaler also einfach in mein Büro und sagt: ich bin zwar kein Makler aber ich bin es, der für die Concept-Bau eine ganze Häuserreihe verkauft."

„So isses! - Also, so ganz dumm bin ich nicht in der Branche. Ich habe Wirtschaft studiert und arbeite mit der ORGANISATION zusammen. Ich kann ihren Kunden also auch gleich eine Finanzierung anbieten."

„Versicherungs-Finanzierung - hmm. Halte ich nichts von. Sie können den Kunden gerne ihre LV andrehen, aber das Geld sollte von einer Bank kommen. Da arbeiten sie am besten mit Herrn Müller von der Leipziger Bank zusammen."

„Der schickt mich ja zu ihnen."

„Ach, das war der Zufall? - Wann haben sie von ihm denn den Tip bekommen?"

„Vor einer halben Stunde!"

Herr Radl grinste Martin amysiert ins Gesicht. Martin grinste zurück.

„Wissen sie was? Es ist zwar Wahnsinn, aber es hat System. Sie haben den Job."

Ausgestattet mit Prospekten und Lageplänen tauchte Martin nun zum zweiten Mal an diesem Vormittag bei Herrn Müller auf.

„Ich weiß nicht ob Herr Müller noch einmal Zeit hat, Herr Thaler", sagte das junge Mädchen am Kundenthresen.

„Sagen sie ihm einfach: ,Ich habe das Bauvorhaben!',,

Etwas irritiert verließ das Mädchen den Arbeitsplatz und kam mit Herrn Müller zurück.

„Na, sie sind wohl einer von der schnellen Truppe."

Martin lächelte nur.

„Dann wollen wir mal schauen, wie wir ihrem Geschäft auf die Beine helfen", sagte Herr Müller, als er die Tür schloß und dann:

„An welchen Betrag hatten sie denn gedacht?"

„Ich dachte, dass ich mit 10 000 Mark etwa drei Monate auskäme."

„Also da müßten sie schon etwas verkaufen, um mit 10 000 drei Monate leben zu können, aber die Häuser der Concept-Bau sind gut, da wird das schon gelingen. Dennoch: ich würde sagen, wir räumen ihnen 15 000 Mark als Kredit-Linie ein. Aber die Finanzierungen machen sie doch in unserem Hause?!"

Als Martin die Bank verließ, war ihm ganz schwindelig. Über 15 000 Mark konnte er jetzt frei verfügen. Das war soviel Geld, wie er sonst für ein ganzes Jahr hatte! Es konnte los gehen! Das Baby kann kommen! Das ganze Leben geht los! Er ist Geschäftsmann! Er wird ein erfolgreicher Geschäftsmann! Studium adé - ab jetzt wird Geld verdient!

Es gelang Martin tatsächlich, Claudia in seiner Begeisterung mitzureißen.

„Laß uns doch gleich mal zu dem Musterhaus in der Brüsseler Straße fahren. Hier sind die Schlüssel."

Claudia schüttelte den Kopf aber lachte Martin an.

„Du bist verrückt - aber vielleicht ist das wirklich eine Chance." Sie fuhren.

Es waren Reihenhäuser, die Martin da verkaufen sollte - aber extravagante Reihenhäuser. Das Musterhaus, in dem er ab Sonntag regelmäßig sitzen würde, um auf Interessenten zu warten, war noch ein Rohbau.

„Das könnte mir auch gefallen", meinte Claudia, als sie durch die unverputzten Räume gingen. Martin hielt Claudia gut fest, denn sie hatte inzwischen einen sichtbaren Bauch, der ihr auch ein wenig die Sicherheit im Tritt nahm.

„Wir können es ja kaufen..."

„Jetzt bist du wohl total übergeschnappt. Vermittele erst mal ein Haus, dann sehen wir weiter."

„Aber dann hätten wir unser Wohnungsproblem gelöst."

„Und dafür ein anderes: wir müssen ein Haus abbezahlen. Nene, damit warten wir noch okay?!"

Martin nickte, aber in ihm setzte sich der Gedanke bereits fest.

Von nun an war das Studium endgültig vergessen. Es galt, ein Makler-Büro einzurichten. Was war da nicht all' zu tun! Die Gewerbegenehmigung zu beschaffen, war noch das geringste Problem. Er hatte eine kleine Firma zu gründen. Um effektiv arbeiten zu können, das war Martin bald klar, brauchte er einen kleinen Computer und ein ebenso kleines Kopiergerät. Einen

zusätzlichen Telefonanschluß benötigte er, an den er einen Anrufbeantworter und ein Fax-Gerät anschließen kann. Das kostete Geld, aber er hatte ja die Kreditlinie.
Was er nicht wußte - es kostete kein Geld. Oder, Martin bemerkte nicht, dass es Geld kostete. Der Gang zum Fachgeschäft sollte es zeigen.
„Wollen sie das Gerät nicht lieber mieten?"
„Wie, ein Fax-Gerät zur Miete?"
„Na klar, ist doch viel günstiger. Sie belasten ihre Liquidität nicht und außerdem können sie die Miete später voll von der Steuer absetzen."
Martin dachte kurz nach. Die Dame hatte recht. An seinen Dispo brauchte er so nicht heran und in den nächsten Monaten würde er die Miete aus den laufenden Einnahmen locker bezahlen können.

. . .

„Das wäre wohl zu einfach. Zu sagen: Alle haben mir die Kredite aufgedrängt, all' die Mieten und die Leasing-Raten. Schließlich war ich erwachsen und gab mich als Vollkaufmann aus. Und Banken oder Büro-Ausstatter sind schließlich nicht meine Erziehungsberechtigten. Auf der anderen Seite habe ich auch nicht gefragt, ob meine Kunden wirklich in der Lage waren, ein Haus zu finanzieren, eine Versicherungsrate aufzubringen. Das mußten die schon selber wissen. Ich wußte es offenbar nicht."
„Was hast du dir denn alles auf pump gekauft?"
„Ach, herrje. - Alles mögliche. Das Schlimmste aber waren die beiden Autos. Eines für mich, ein Honda mit weit über 100 PS und für Claudia einen Kadett-Kombi. Beides neu. Der Honda natürlich mit Auto-Telefon. Chick, was?! Aber ein furchtbarer Unsinn. Im Laufe der drei Monate bin ich allenfalls zweimal im Auto angerufen worden. Ansonsten habe ich es genutzt, um meine Sekretärin anzuweisen, den Kaffee zu machen, da ich auf dem Weg ins Büro sei. Das hat sich richtig gelohnt, das Telefon im Auto."

Maria wußte nicht, was sie zuerst fragen sollte.

„Was hat denn deine Frau dazu gesagt? - Brauchte die unbedingt ein Auto?"

„Also ein Auto wollte sie schon haben. Ja, sie hat ihn sogar recht deutlich gefordert. Von einem Neuwagen aber war nicht die Rede. Aber ich muß zugeben, dass ich auch Spaß daran hatte, ihr einen neuen Wagen vor die Tür zu stellen. Und Claudia hat ihren anfänglichen Widerstand gegen den Luxus auch bald aufgegeben. Sicherlich genoß sie ihn auch. Das war wohl der Zeitraum, als wir uns langsam entfremdet haben. Sie verlor aus irgendeinem Grund das Interesse an mir. Deshalb gab es in Bezug auf meine Anschaffungen auch keine Diskussionen mehr. Das Kind, das damals noch unterwegs war, war ein Thema. Aber dass Claudia sich nur noch darum kümmerte und kaum mehr um meine Geschäfte, das habe ich kaum bemerkt."

. . .

Martin saß an der Theke einer Bistro-mäßig aufgemachten Kneipe. Er wartete auf Michael, einen Geschäftsfreund, mit dem er inzwischen per „Du" war.. Man wollte einfach mal ein wenig miteinander plaudern. Doch natürlich sollte es an diesem Abend auch ums Geschäft gehen.

Man kam bald zum Thema:

„Michael, stell dir vor, ich bin da einer großen Sache auf der Spur. In der Stadt verkauft jemand das Grundstück „Am Forst". Mensch, das sind 16000 Quadratmeter. Darauf kann man mindestens 40 Häuser bauen! Und einen Bebauungsplan gibt es auch. Das ist Bauland, Michael!"

Man stieß manches Bier an darauf. Und im Laufe des Abends gestand Martin seinem neuen Freund auch, dass er ein Haus kaufen wolle. Den Rohbau in der Brüsseler Straße. Voraussetzung sei allerdings, dass dieses Bauvorhaben „Am Forst" unter seiner Regie klappen würde. Und Michael würde die Finanzierung machen. Na klar!

. . .

Martin ertappte sich dabei, dass er Maria kurz in ihr weiches, schwarzes Haar griff. Sie entzog sich dieser kurzen Zärtlichkeit nicht, gab sich ihr aber auch nicht hin.
„Wir haben alles zu früh gemacht. Alles hat seine Zeit. Und wenn man es zur richtigen Zeit macht, hat man seine Freude daran. Aber wir haben zu früh ein Kind bekommen, zu früh geheiratet, zu früh gebaut, und uns stets zu früh gefreut. So war die Freude über alle diese Dinge immer mit Ängsten durchsetzt, daher also nie ganz ungetrübt. Ich habe so oft eine Flasche Sekt geleert, um etwas zu feiern, dessen ich mir zwar ganz sicher war, das aber eben noch nicht in trockenen Tüchern war."
„Aber ihr wart doch so lange zusammen. Wieso war dann alles zu früh?"
Maria verstand es, Martin die Lust am Reden zu erhalten.
„Ich war zwar 28 Jahre alt, doch völlig unfertig. Ich wußte nicht, was ich wollte, ich hatte keinen Beruf, ich hatte im Grunde auch noch nicht die richtige Einstellung zu Kindern. Ich habe bis heute stets das Gefühl, zu meinem Jungen nicht wirklich gut gewesen zu sein. Viel zu oft war ich gereizt am Abend und nicht ruhig genug für ihn. Ich war - ich bin wahrscheinlich kein guter Vater."
Martin nahm einen kleinen Schluck aus dem Rotweinglas. Und Maria entgegnete:
„Das glaube ich nicht. Ich weiß nicht warum, aber das glaube ich nicht."

. . .

Vor Martin wurde ein ausladender Plan ausgebreitet.
„Also wir haben uns da schon so unsere Gedanken gemacht", meinte Herr Radl geschäftig.

Martin war wie vom Donner gerührt.

„Sehen Sie her, Herr Thaler. Hierhin kommt unser Modell ‚Elsass‘. Genau 24 Häuser. Hierhin stellen wir die Modelle ‚Allgäu‘ und ‚Schwaben‘. Und hier -“, Herr Radl reckte sich zu Martin hin und strahlte.

„Hierhin bauen wir vier Exoten. Das Modell ‚Kampen'. Das sind dann genau 39 Einheiten. Ach ja, diesen Spielplatz hier, der im Bebauungsplan enthalten ist, den müssen wir zunächst natürlich noch einplanen. Doch den kriegen wir schon weg. Glauben Sie mir, Herr Thaler, wenn wir 40 Häuser bauen, dann frist uns die Stadtverwaltung aus der Hand.“

Martin war drauf und dran, zu stottern. Doch er bemühte sich, seine Fassungslosigkeit in eine ruhige Frage einzubringen.

„Das heißt also, dass wir bauen.“

„Und ob es das heißt, Herr Thaler! Ich habe selten solch ein interessantes Vorhaben in Angriff genommen. Ihre Aufgabe ist es nun, ein Vertriebskonzept zu erarbeiten. An die Arbeit, Herr Thaler, an die Arbeit. Übermorgen sehen wir uns zur gleichen Zeit wieder.“

Martin konnte es nicht glauben. 40 Häuser! Jedes etwa 300 000 Mark wert. Bei Courtage von beiden Seiten also etwa 20 000 Mark pro Haus. Und die Finanzierung! Mit diesem Bauvorhaben würde er gut eine Million Mark verdienen! Noch hatte er die Worte von Herrn Radl in den Ohren: ‚So ein Bauvorhaben ziehen wir in etwa einem Jahr durch!‘ Eine Million in einem Jahr!

„Worauf es ankommt, so denke ich mir, ist, dass der Kunde nicht von Pontius zu Pilatus rennen muß, um den Hauskauf unter Dach und Fach zu bringen. Aus diesem Grunde habe ich mich bereits mit einem befreundeten Banker kurzgeschlossen. Der hat mir seine Finanzierungsunterlagen überlassen und bestätigt, dass er Conzept-Bau-Häuser beleiht. An der dinglichen Absicherung liegt es also nicht mehr.“

Martin gefiel sich sehr gut in seiner Beherrschung der Terminologie.

„Das will ich meinen!“, pflichtete Radl bei, doch er kam nicht wirklich zu Wort.

„Außerdem dachte ich mir, ein neues Büro in der Nähe des Bauvorhabens einzurichten.“
„Oh, sie wollen investieren!“
„Na klar!“
„Können sie sich das den leisten?“
„Noch komme ich ganz gut zurecht. Aber wenn ich mal an meine Grenzen stoße, dachte ich, gegebenenfalls auf sie zurückkommen zu dürfen.“
„Da ließe sich - gegebenenfalls - drüber sprechen. Sehen sie, sie sollten vielleicht etwas an ihrem Outfit tun.“
Martin sah an sich herunter und machte ein fragendes Gesicht.
„Nein, nein. Ich meine nicht sie persönlich. Aber ihre Firma sollte ein etwas repräsentativeres Erscheinungsbild haben. Mir fällt da zum einen ihr kleines Wägelchen auf und zum anderen ihr Briefpapier. Zumindest an letzteres sollten sie mal einen Profi ranlassen. Ich kenne da eine junge Frau, die ist Grafikerin. Hier ist ihre Adresse. - Ach, übrigens, haben sie denn ein Büro in der Nähe an der Hand?“
„Auch das!“
Auf dem Weg zurück ging Martin einiges durch den Kopf. Eigentlich gefiel ihm sein Auto recht gut, aber er würde auch noch einiges dafür bekommen, wenn er es in Zahlung gäbe. Und ein Büro hatte er in der Tat an der Hand.
Ein Blick nach rechts fiel auf eine PKW-Vertretung. Und wie von selbst lenkte er den kleinen Wagen, den sein Vater ihm für den Verkauf des Geschäftshauses in der Stadt geschenkt hatte, an den Straßenrand.
In der Verkaufshalle stand sein Traumauto, eine große, luxuriöse Limousine. Ledersitze, Holzarmaturen, 180 PS, sechs Zylinder... Mindestens drei mal umkreiste Martin das Fahrzeug in dunkelblauem Metallic.
„Sie haben einen guten Geschmack, mein Herr“, begrüßte ihn der Verkäufer.
„Ja,“ meinte Martin, „wohl auch einen teuren.“
„Naja, geschenkt bekommen sie ihn nicht.“
„Was kostet solch ein Auto?“
„In dieser Ausführung mit...“ Und der Verkäufer zählte erst einmal alle Vorzüge auf, was ziemlich lange dauerte und ein wenig ermüdete, „kostet der Wagen rund 55 000 Mark.“

„Kommt ja nicht in Frage!"

„Oh, sagen sie das nicht! Wollen sie ihn nicht mal Probe fahren?"

„Jaja, und dann bin ich auf den Geschmack gekommen..."
Der Verkäufer lächelte.

„Ja, gefallen wird er ihnen sicher."

„Und wo soll ich so viel Geld hernehmen."

„Entschuldigen sie, aber sind sie selbständiger Geschäftsmann?"

„Ja."

„Dachte ich mir. Na, dann sollten sie unser Geschäfts-Leasing-Angebot beachten. Das können sie doch alles von der Steuer absetzen! Mensch, so wie ich sie einschätze, brauchen Sie doch geradezu Kosten! Und ihren hübchen Kleinen, nähmen wir als Anzahlung problemlos in Zahlung."

„Na, dann rechnen sie mir doch mal die Leasing-Raten aus..."
Claudia war nicht wirklich entsetzt, denn irgendwie war sie auch begeistert von dem Fahrzeug, mit dem Martin da vorfuhr.

„Oh nein, was ist denn das?"
Martin machte eine beschwichtigende Handbewegung.

„Reg' dich bitte nicht auf, Schatz..."

„Du hast doch nicht etwa..."

„Schatz, bleib ganz ruhig..."
Martin machte es jetzt Spaß, seine Frau im Unklaren zu lassen. Denn Claudia wurde jetzt in der Tat schwach.

„Das darf nicht wahr sein."

„Es ist nur eine Probefahrt."

„Oh Mann, und ich dachte schon, du hättest den Wagen gekauft!"

„Wäre das so schlimm?"

„Na, hör' mal!"

„Komm, wir drehen 'ne Runde!"
Am Abend lag Martin noch lange wach und träumte von dem Wagen. Und wie stets, wenn er einen Wunsch hatte, baute er in Gedanken die Argumente dafür auf, und merkwürdig - es stellten sich ihnen in seinen Gedanken keine entgegen.
Bis jetzt hatte alles geklappt, was er sich vorgenommen hatte. Er hatte das Bauvorhaben, und er hatte seine Liquidität - fast - zurück. Nur an seinem ‚Outfit' sollte er etwas tun...

Herr Radl zeigte sich beeindruckt. Nicht nur der Wagen gefiel ihm, mit dem Martin bei der Concept-Bau vorgefahren war, auch das, was er von Martin hörte.

„So, sie haben sich ein Büro ganz in der Nähe vom ‚Forst' gemietet. Find' ich gut. Jetzt fehlen uns nur noch die Kunden. Und dafür müssen wir werben. Ich habe inzwischen schon Gespräche mit der Stadt geführt und mit dem Eigentümer des Grundstücks. Das wird schon klar gehen. Die Stadt frist uns aus der Hand und der Preis für den Grund geht auch in Ordnung. Natürlich kaufen wird solch' ein Arreal nicht auf einen Schwung. Wir unterteilen das Projekt in drei Bauabschnitte, und in diesen Abschnitten kaufen wir auch das Grundstück. Der Eigentümer ist nicht ganz begeistert davon, aber wir werden ihn schon überzeugen. In jedem Fall aber haben wir grünes Licht, um in die Werbung zu gehen. Ich habe ihnen doch von der jungen Grafikerin erzählt. Sie ist übrigens meine Lebensgefährtin. Die hat rasch eine Anzeige konzipiert, und die sollten wir am Wochenende in den Anzeiger bringen."

„Herr Radl, jetzt muß ich doch mal ein bißchen bremsen. Erstens: erhalte ich von ihnen eigentlich Courtage für den Grundstücksverkauf? Und zweitens: trage ich die Kosten für die Werbung? Was kostet denn solch eine Anzeige?"

„Etwa 1000 Mark."

„Viel Geld."

„Tja, von nichts kommt nichts. Aber das Geld für die Werbung strecken wir ihnen schon vor. Um ihre anderen Fragen zu beantworten: Sie haben die Wahl, das Bauvorhaben zu übernehmen, dann gibt es aber keine Provision für das Grundstück, oder sie kassieren die Courtage für das etwa 2 Millionen Mark teure Grundstück, dann sind sie aber das Bauvorhaben los."

„Na gut, damit kann ich leben.", antwortete Martin und dachte an die Millionen-Einahme durch das Projekt. Auf der anderen Seite brächte ihm das Grundstück eine Courtage von etwa 60000 Mark. Auch nicht schlecht. Doch dann machte er doch einen Einwand:

„1000 Mark in der Woche, das sind ganz schöne Kosten."

„Herr Thaler, in einem Jahr ist die Sache durchgezogen. Sie und ich wissen, was sie dann an Courtage kassiert haben. Halten sie da mal die 50000 Mark für die Anzeigen gegen ...“

„Klar, aber ich gehe mit meinem Konto schwer ins Minus. Schließlich muß ich auch noch mein Büro neu einrichten.“

„Gut, aber wenn sie der Bank den Vertrag zeigen, den wir machen werden, kriegen sie alles Geld der Welt.“

„Was für ein Vertrag.“

„Na meinen sie, wir würden sie auf meine schönen Augen hin arbeiten lassen? - Sie sind noch frisch im Geschäft Herr Thaler, daher sind sie auch noch ein wenig blauäugig. Aber ich passe schon auf, dass sie keine Dummheiten machen.“

Herr Radl lachte ihm offen und gütig an.

„Nein,“ führte er fort, „wir machen einen Vertag über das Projekt, und dann können sie ruhig schlafen. Ich habe das schon vorbereiten lassen.“

Martin saß an seinem alten Schreibtisch, an dem schon sein Großvater gearbeitet hatte. Er hang sehr an diesem Teil, das nicht so recht passen wollte in dem modernen, hellen und sachlichen Büro, dass er gestern bezogen hatte. Eine Reihe von Gratulanten waren gekommen, Michael war natürlich dabei, Herr Radl, Jürgen hatte sich auch noch einmal blicken lassen, aber nur kurz. Jetzt betrachtete er zufrieden sein kleines Reich. Ausgestattet war er bestens. Er hatte sich zu den bereits vorhandenen Geräten noch ein großes Kopiergerät zugelegt. Das brauchte er nun, um die vielen Exposees zu erstellen, die das Bauvorhaben „Auf dem Forst“ vorstellten.

Das Interesse war groß, und Martin war sicher, dass er es geschafft hatte. Wie schnell war das gegangen! Eben noch war er Student gewesen. Journalist wollte er werden. Sicher, das wäre ein schöner Beruf gewesen.

Wann war das, als er sich mit Claudia darüber gestritten hatte, ob sie das Baby haben wollten? Und jetzt war er selbständiger Unternehmer, ein erfolgreicher dazu, und die Frage, wie sie ein Baby ernähren sollten, erschien ihm lächerlich. Es konnte nicht mehr lange dauern bis zur Geburt. Was ihnen nun noch fehlte, war eine Wohnung, ... oder ein Haus. War nicht jetzt der richtige Moment, an das fast fertige Haus in der Brüsseler Straße zu denken? Wenn man den Bau endlich fortsetzen würde, wäre es in wenigen Wochen fertig. Er entschloß sich, Michael aufzusuchen.

Michael freute sich aufrichtig, Martin zu sehen. Man sprach kurz über das Projekt „Auf dem Forst". Langsam könnte das erste Haus verkauft sein, meinte Michael.

„Es ist eben nicht leicht, ein Haus nur mittels Bauzeichnungen zu verkaufen.", lenkte Martin ein.

„Na, warte erst einmal ab, bis das erste Haus gebaut wird, dann haben die Kunden was zu sehen. Aber, du hast doch sicher einen Grund, warum du zu mir gekommen bist."

„Ja, ich wollte fragen, ob du mir einen Hauskauf finanzierst."

Nun sah ihn Michael doch ein wenig mitleidig an.

„Martin, geht das nicht ein bißchen schnell?"

„In wenigen Wochen entbindet Claudia, und wir haben immer noch keine Wohnung gefunden. Und ob wir teure Miete zahlen, oder die Raten, ist doch das gleiche."

„Na, die Raten werden etwas höher sein. Oder schwimmst du im Eigenkapital. Mensch, dir brauche ich doch nicht zu erklären, was ein Haus kostet!"

„Eben! Also, zunächst einmal: ich habe etwas Kapital."

Und dann verkaufte sich Martin das Haus selbst, baute sein Argumentationsgebäude auf. Er sprach von Eigenkapital und meinte das Geld seiner Eltern und Schwiegereltern. Und dann addierte er dazu seine Courtage, die die Concept-Bau ihm natürlich nicht zu zahlen brauchte und das Haus mithin verbilligte. So schaffte Martin aus entgangenen Einahmen Eigenkapital. Michael war nicht sofort überzeugt.

„Wer garantiert, dass dein Vorhaben mit der Concept-Bau realisiert wird?"

Martin zog nun einen weitern Trumpf aus dem Ärmel, sprich: aus der Aktentasche. Den Vertrag mit der Concept-Bau.

„Ließ!"

Und Michael las:

2. Die Firma Concept-Bau verpflichtet sich, das Grundstück `Auf dem Forst' zu kaufen.

3. Die Firma Concept-Bau übertägt Herrn Martin Thaler den Verkauf aller darauf zu errichtenden Gebäude.

4. Die Firma Concept-Bau zahlt Herrn Thaler für den Verkauf jedes Hauses eine Courtage in Höhe von 3 Prozent des Ver-

kaufspreises zuz. Umsatzsteuer. Außerdem ist Herr Thaler berechtigt, vom Käufer ebenfalls Courtage in Höhe von 3 Prozent des Kaufpreises zu verlangen.

„Das wichtigste ist der Paragraph 2. Die Firma verpflichtet sich ... ! Die werden doch nicht ein so riesiges Grundstück für 2 Millionen kaufen und nicht bauen!"

„Kann doch sein. Dann legen sie das Bauvorhaben vielleicht für ein zwei Jahre auf Eis und du stehst auf dem Schlauch."

„Nö," entgegnete Martin gelassen und triumpfierte: „denn dann steige ich aus dem Verkauf aus und kassiere 60000 Mark Provision aus der Vermittlung des Grundstücksverkaufs. Das Projekt ist schließlich nicht das einzige Bein, auf dem ich stehe."

Michael nickte.

„Okay, kauf' dir ein Häuschen."

Martin hatte noch einen Termin mit einem Kunden, bevor er nach Hause fahren konnte. Wohlgefällig fiel sein Blick auf die metallic-glänzende Limousine auf dem Kundenparkplatz der Bank. Stolz war er und selbstzufrieden. Eine Luxus-Karosse, natürlich mit Auto-Telefon. Das hatte er sich gleich mit einbauen lassen, als er das Leasing-Fahrzeug fertig machen ließ.

Unterwegs ging ihm das Haus durch den Kopf. Genaue Vorstellungen von der Einrichtung hatte er schon. In wenigen Wochen würden sie es beziehen können. Ob dann das Baby schon da sein würde? Claudia konzentrierte sich ganz auf die Geburt. An seinem Geschäft nahm sie kaum Anteil. Sie freute sich über seinen Erfolg, sie genoß den neuen Wagen, sie wünschte sich eine große Wohnung, doch sie ließ ihn gewähren. Früher hatte sie mit ihm über jede Anschaffung diskutiert, seit einiger Zeit tat sie das nicht mehr. ,Naja,' dachte sich Martin, ,sie denkt halt nur noch an das Baby.'.

Das Telefon neben dem Aramturenbrett piepte.

„Martin!" Claudia war am Apparat und klang etwas aufgeregt. „Komm bitte schnell nach Hause. Ich glaube, es geht los!"

Ein Junge! Die Geburt war reibungslos und schnell. Claudia war denn auch bald wieder bei Kräften. Martin hatte den kleinen Alexander im Arm und liebkoste seine pflaumigen Haare.

Nie würde er den Geruch vergessen, den das Neugeborene in den Haaren hatte. Claudia strahlt die beiden an.

„Es wird ein bißchen eng werden in unserer kleinen Bude."

„Nicht lange, Claudia.", Martin sah seine Frau mit großen Augen an. „Ich habe ein kleines Geschenk zur Geburt für dich. Es ist allerdings Zufall. Als du mich anriefst, kam ich gerade von Michael. Wir haben die Zusage, dass er uns das Haus in der Brüsseler Straße finanziert. In wenigen Wochen können wir einziehen."

„Martin, du bist wahnsinnig!"

„Freust du dich denn auch ein bißchen?"

„Natürlich freue ich mich. Können wir uns das denn auch leisten?"

„Ich habe alles mit Michael besprochen. Er meint auch, dass es klappt."

Es folgten arbeitsreiche Wochen für Martin. Jeden Morgen fuhr er in die Brüsseler Straße, um den Fortgang der Arbeiten an seinem Haus zu beobachten. Und abends wieder. Dazwischen lagen zahllose Termine, Gespräche, Verhandlungen - allerdings ohne Erfolg. Herr Radl wurde langsam unruhig. Seine Bedingung war mittlwerweile: Das Grundstück wird erst gekauft, wenn das erste Haus verkauft ist. Aber irgendeinen Haken fanden die Interessenten immer.

„Woran liegt's, Herr Thaler?"

Martin wußte keine plausible Antwort.

„Ich mache ihnen einen Vorschlag! Schließlich müssen wir die Sache mal ins Rollen kriegen. Die Spar-Bank-Filiale am Berliner Ring hat uns angeboten, in den Verkauf mit einzusteigen. Die Immobilienabteilung dieser Filiale hat einen eindrucksvollen Kundenstamm. Den sollten wir nutzen."

„Aber wir haben doch einen Vertrag, der mir das alleinige Verkaufsrecht sichert."

„Sicher, Herr Thaler, aber schauen sie mal. Sie sind noch recht frisch in dem Geschäft, da sollten sie sich ein wenig auf die Erfahrung anderer stützen. Passen sie auf: Wir unterteilen das Bauvorhaben brüderlich zwischen ihnen und der Spar-Bank. Es wird immer wieder vorkommen, dass jemand gerade das Haus auf ihrer Hälfte kaufen möchte, und umgekehrt. Doch ich bin sicher, dass sie häufiger etwas von ihrem dann neuen Partner haben. Die Regelung wäre also in ihrem Sinne. Denken sie mal darüber nach!"

Martin hatte kein gutes Gefühl bei der Sache. Es ärgerte ihn einfach, dass die Spar-Bank ihn so mir-nichts-dir-nichts aus dem Geschäft drängen konnte. Andererseits lief der Verkauf in der Tat nicht gut an. Seit über einem Monat hatte er kein Haus mehr vermittelt. Die Kosten liefen ihm langsam davon. Und das Haus wird in drei Wochen fertig sein. Dann beginnen auch die Ratenzahlungen für die Hausfinanzierung. Der Wagen kostet Geld, das Büro, die Leasing-Raten für den Kopierer und das Fax, die regelmäßigen Insertionskosten und, und, und ...

Martin saß wieder einmal an seinem Schreibtisch und kämpfte das Gefühl nieder, der Sache nicht mehr gewachsen zu sein. Erstmalig bekam er Angst.

Ein regelmäßiges Einkommen müßte er haben. Und seine Kosten müßte er senken können. Aber wie sollte er? Vor lauter Bauvorhaben hatte er alle anderen Verbindungen abgebrochen, die ihm kleinere Geschäfte einbrachten. Mit der ORGANISATION lief schon lange nichts mehr, und andere Objekte hatte er auch nicht mehr an der Hand. Er mußte das Projekt „Auf dem Forst" jetzt durchbringen. Wovon sollte er leben, wenn er diese Häuser nicht mehr vermitteln würde? - Häuser, die bislang nur auf dem Papier bestanden. Sicher, er könnte die Courtage für die Grundstücksvermittlung kassieren. Doch wenn er seine Konto-Auszüge betrachtete, wurde ihm schwarz vor Augen. Er mußte einfach da durch. Ein kurze Durststrecke halt.

„Michael, du mußt mir helfen. Ich habe wohl eine kleine Durststrecke vor mir. Aber du kennst ja meinen Vertrag. Passieren kann mir nichts. Aber ich brauche einen etwas größeren Kreditrahmen."

Michael machte ein nachdenkliches Gesicht.

„Ist dir auch schon mal der Gedanke gekommen, dass das Bauvorhaben schief gehen könnte? Sicher, dann geht die Concept-Bau auch baden. - Aber du auch."

„Dann habe ich noch mein Haus."

„Dein Haus? - Noch ist es doch noch gar nicht fertig!"

„Ja, aber das Eigenkapital ist doch bereits erbracht."

Martin operierte da gerade mit dem Geld seiner Eltern und Schwiegereltern.

Michael überlegt kurz und holte dann tief Luft:

„Also gut, ich vertraue dir. Ich vermute mal, dass du erkannt hast, dass dieses Porjekt die Chance deines Lebens ist. Ich bin bereit, dir auf dem Haus eine Hypothek einzurichten, als Gegenwert für einen Dispositionskredit. Sagen wir 30000 Mark?"

Martin strahlte.

Wenige Tage später strahlte er nicht mehr. Ein Telefonat mit dem Architekten der Firma Concept-Bau hat ihn um die Laune gebracht.

„Herr Thaler, ich will sie ja nicht beunruhigen, aber für die Firma Concept-Bau läuft die Sache viel zu langsam an. Mensch, legen sie sich ins Zeug! Sonst sind sie das Projekt los!"

Martin sagte ihm nicht, dass er einen Vertrag in der Hand hatte. Aber sein anhaltender Mißerfolg beim Verkauf der Häuser machte ihm schon zu schaffen. Seit Wochen lebte er auf Pump. Das konnte so nicht weitergehen. Ob er vielleicht doch aus dem Projekt aussteigen sollte und „nur" die 60 000 Mark Courtage für die Grundstücksvermittlung einnehmen sollte? Irgendwann muß die Concept-Bau das Grundstück schließlich kaufen! Soll doch die Spar-Bank die Häuser vermitteln. Doch mit der Courtage wäre zur Zeit nur das Minus auf dem Giro-Konto gelöscht. Und was sollte er dann tun? Wie sollte er das Haus bezahlen, das sie noch nicht einmal bezogen hatten?

Da fiel ihm ein Gespräch mit diesem Herrn Schmitz ein, einem Vertreter der BAUSPARKASSE. Der wollte natürlich auch nur in sein Geschäft mit einsteigen. Aber er war sympatisch. Unwillkürlich nahm Martin den Hörer ab, suchte sich die Nummer der BAUSPARKASSE heraus und wählte.

„Schmitz"

„Hallo, Herr Schmitz, hier ist Thaler."

„Ach, guten Tag, Herr Thaler! Was macht ihr Mammut-Projekt?"

„Danke, ich bin nicht so ganz glücklich damit. Sehen sie, die laufenden Kosten sind immens und die Einnahmen sporadisch und liegen noch in der Zukunft. - Herr Schmitz, eine Frage: Sehen sie eine Möglichkeit für mich, enger mit der BAUSPARKASSE ins Geschäft zu kommen?"

„Denken sie an eine konkrete Mitarbeit?"

„Noch denke ich an gar nichts - vielleicht sollten wir uns einmal treffen."

„Gerne, wie wäre es mit ..."

Martin machte Feierabend nach diesem Telefonat. Er wollte nach Hause zu seinem kleinen Alexander.

Es dauerte an diesem Abend lange, bis Alexander einschlief. Er hatte Bauchweh. Als Claudia und Martin dann Ruhe hatten, erzählte er ihr von seiner Hoffnung auf eine Einstellung bei der BAUSPARKASSE.

. . .

Maria wurde nun doch langsam müde. Dennoch hörte sie ihm weiter zu. Längst hatte sie die Musik von Phil Collins auf „Endlos" gestellt.

„Bei der BAUSPARKASSE fühlte ich mich zunächst wie in Abrahams Schoß. Endlich wurde ich ausgebildet und auf meine Arbeit vorbereitet. Ich erhielt ein gutes Fixum. Und ich wurde ausgestattet mit allen Verkaufshilfen, die man sich denken kann. Nur eines spürte ich in dieser Zeit."

Er machte ein Pause. Sie unterdrückte ein Gähnen.

„Ich spürte, dass ich nicht verkaufen kann. Weißt du, ich hatte Ideen, ich konnte meine Arbeit gut organisieren, ich war fleißig. Aber zum Verkaufen gehört mehr. - Es gehört dazu, dass man die Menschen mißachtet."

Sie schaute ihn nun fragend an. Er schaffte es doch noch, sie zu interessieren.

„Wenn man etwas verkaufen will, dann muß man nicht nur von dem Verkaufsgegenstand überzeugt sein. Man muß auch davon überzeugt sein, dass die Sache den anderen einfach interessieren muß. Es kann gar nicht sein, dass das, was man selbst doch so toll findet, andere nicht begeistert. Und da die eigene Meinung ja ach so richtig ist und die des anderen unwichtig, muß man dem anderen die eigene Meinung überstülpen. Das setzt die Mißachtung des anderen voraus. Wenn mir aber jemand sagte, er sei an einem Bausparvertrag nicht interessiert, dann

nahm ich ihn ernst und wich zurück. So aber kann man
als Verkäufer nicht erfolgreich sein.
Und da war noch etwas, was mich stutzig oder nachdenklich machte in dieser Zeit bei der Bausparkasse."

. . .

Martin saß bei einer Tasse Kaffee im Wohnzimmer des zumindest laut Notarvertrag eigenen Hauses in der Brüsseler Straße.
Vor einer Woche waren sie eingezogen. Das Büro hatte er wieder aufgegeben, den Verkauf des Bauvorhabens „Auf dem
Forst" auch. Die Schulden aber waren ihm geblieben. Doch
darum machte er sich noch keine Sorgen. Er würde sie abde-
cken können, wenn die Concept-Bau das Grundstück kauft. Und
das mußte sie ja, laut dem Vertrag in seinen Akten. Das war der
große Trumpf in seinem Ärmel.
Jetzt aber genoß er sein geräumiges Wohnzimmer. Heute morgen hatte er einen Termin mit Herrn Schmitz. Sie wollten zusammen auf Kundenbesuch gehen. Man ließ ihn bei der Bausparkasse zunächst nicht alleine. Er war froh, sich für die Bausparkasse entschieden zu haben. Es war seine letzte Chance, das
Haus zu halten.
Das Telefon klingelte, und Herr Merkel war am Apparat:
„Der Herr Schmitz wird sich ein wenig verspäten. Wissen sie,
Herr Thaler, der Herr Schmitz ist gesundheitlich zur Zeit etwas
angeschlagen. Er hat mit Astma zu tun."
Doch eine Stunde später kam Herr Schmitz.
„Entschuldigen sie Herr Thaler, aber ich habe die Nacht kaum
geschlafen."
Ihr erster Besuch führte sie zu einem Lehrer. Es war ein reines
Informationsgespräch, an einen Verkaufserfolg war nicht zu
denken. Auf dem Weg zum nächsten Kunden wagte Martin,
einen Gedanken zu formulieren:
„Manchmal beneide ich diese Lehrer. Die strahlen so eine Ruhe
aus. Klar, denen kann ja auch nichts passieren. Die haben ihre
Rente ja durch."

„Ja,“, antwortete Herr Schmitz kurzatmig, „aber tauschen möchte ich mit denen nicht.“

. . .

„Das war es, was dich stutzig machte?“, fragte Maria.
„Ja, verstehst du nicht, warum?“
„Doch, der Mann konnte nicht aus seiner Haut heraus.“
„Und ich hatte seitdem Angst vor meiner fernen Zukunft. Sicher, der Herr Schmitz war - äh - ist zwanzig Jahre älter als ich. Aber wer sagt, dass ich in zwanzig Jahren nicht genauso dran sein könnte. Mit der Gesundheit am Ende und nicht mehr in der Lage, aus dieser Mühle herauszukommen.“
„Welche Mühle?“
„Dieser Herr Schmitz hat viel für seine BAUSPARKASSE getan. Er hatte einen großen Kreis so aufgebaut, dass der Laden nur so brummte. Dabei hatte er eigentlich gar nicht so sehr an seinen eigenen Porfit gedacht. Er hat sich viel um die Infrastruktur, also zum Beispiel um das Computer-System seiner Firma, bemüht. Auch hat er viel für die Mitarbeiter getan - zum Beispiel für mich.
Und dann, als der Kreis lief, da hat ihm die Bausparkasse locker die untere, also südliche Hälfte gekappt und einen Teil vom nördlichen Kreis dazugegeben. Rein räumlich ergab das die gleiche Größe. Aber der von ihm aufgebaute Süden wurde ihm genommen und der schlecht arbeitende Norden kam dazu. Warum?“
Er sah ihr nun direkt in die Augen.
„Weil ein Verkäufer nie zur Ruhe kommen darf! Und dann bekommt er Astma. - Gegenüber diesem Herrn Schmitz habe ich ein schlechtes Gewissen. Er war die einzige wirklich menschliche Gestalt in dieser Branche. Und ich habe ihn so enttäuscht.“
„Dann erzähl' mir jetzt auch noch, wie es dazu kam.“
Sie lächelte ihm lieb ins Gesicht, wenn sie auch ein bißchen genervt war. Schließlich begann es gerade, draußen hell zu werden.

Er holte tief Luft.

„Es gibt einen Paragraphen im Bürgerlichen Gesetzbuch - den Paragraphen 313."

. . .

Martin war mit seiner Geduld am Ende. Er war entschlossen, die Concept-Bau juristisch zur Rechenschaft zu ziehen. Also auf zum Rechtsanwalt.

Doch der schaute verdrießlich drein.

„Tja, Herr Thaler, da haben sie keine Chance. Sehen sie, der Paragraph 313 BGB besagt, dass auch die Zusage zum Kauf eines Grundstückes der Notar-Form bedarf. Der Vertrag, den sie da in Händen halten, ist null und nichtig."

Martin schnappt nach Luft. Dann sprudelte es aus ihm heraus:

„Das heißt also, dass es in diesem Land möglich ist, schriftlich etwas niederzulegen, an das man sich nicht zu halten braucht? Wo bleibt den da der Grundsatz ‚pacta sunt servanda'?"

Er wurde nun laut.

„Das ist doch legaler Betrug! Sie wollen doch wohl nicht behaupten, dass diese Firma, die seit über zwanzig Jahren im Baugeschäft ist, nichts von diesem Paragraphen wußte."

„Nein, das will ich nicht, Herr Thaler, aber ich kann ihnen leider nicht helfen."

Martin saß an seinem Schreibtisch und grübelte. Sein Kartenhaus war zusammengebrochen. Die Verbrecher-Firma Concept-Bau, denn das war sie nun in seinen Augen, hatte ihn mit einem Trick reingelegt, auf den wahrscheinlich kein Makler mehr herein fällt - nur er. Dass er das Bauvorhaben ‚Auf dem Forst' nicht durchführen würde, störte ihn überhaupt nicht. Er wollte ja nur noch die Courtage für das Grundstück haben, das zu kaufen die Firma Concept-Bau sich ja verpflichtet hatte. Doch sie war ja von Gesetz wegen berechtigt, dieser Verpflichtung nicht nachzukommen. Sie würde einfach nicht kaufen - er würde einfach keine 60000 Mark Courtage erhalten. Aber genau mit diesem Betrag stand er im Soll. Michael hatte ihm bereits deutlich gemacht, dass er sein Konto bald würde ausgleichen müssen. Das wird er nun nicht können. Martin sank auf dem Schreibtisch zusammen, und bald waren die Ärmel seine Sakkos feucht von seinen Tränen.

Martin schob den Kinderwagen vor sich her und genoß die klare, kalte Winterluft. Doch er war sehr nachdenklich an diesem Nachmittag. Er holte tief Luft bevor er traurig hervorbrachte:
„Claudia, wir werden das Haus wieder verkaufen müssen. Wie sollen wir diese Raten für unsere Schulden aufbringen und gleichzeitig das Haus abbezahlen? Es geht einfach nicht...“
Claudia war ganz ruhig.
„Ja. Okay, aber wie soll es weiter gehen?“
„Ach, weißt du. Eigenltich würde ich am liebsten das alles hinschmeißen. Ich bin sicherlich kein guter Kaufmann. Ich bin nicht hart genug für dieses Geschäft. Ich wollte immer nur schreiben, am liebsten für eine Zeitung, am liebsten als ganz freier Journalist.“
„Das darf doch wohl nicht wahr sein! Wann endlich wirst du zu dem finden, was du dein Leben lang machen willst?“
„Und wenn ich nie zu einem Job finde, der mein ganzes Leben lang gut für mich ist?“
„Das ist es ja, was ich befürchte. Ich halte das langsam nicht mehr aus. Ich muß doch endlich mal wissen, woran ich bin - schon des Kindes wegen.“
„Du bist an mir - daran bist du.“
Das Paar verstand sich nicht. Als wenn den beiden bereits vor langer Zeit ihre Liebe einfach abhanden gekommen wäre. Sie hatten es nur noch nicht richtig bemerkt, aber der Mangel zeigte sich bereits.
Sie gingen nebeneinander her, und er sprach vom Hausverkauf, also einem Ende und gleichzeitig von einem Neubeginn - und sie von Konstanz. Er sprach von Flexibilität und sie von Konsequenz. Und das in einem solch wichtigen Moment.
„Ich glaube manchmal,“ überlegte Claudia laut, weil sie nämlich auf einmal bemerkt hatte, dass sie ihre Liebe verloren hatten, „es wäre das beste, wenn wir uns für eine Zeit trennen würden. - Laß mir mal einen Tag Ruhe zum nachdenken.“

Martin lag auf dem Sofa, der Fernseher lief wie stets, aber er wartete auf Claudia. Es war etwa zehn Uhr abends, der Junge schlief. Da drehte sich der Schlüssel im Schloß.

Martin ließ nicht viel Small-Talk zu, bis er fragte:

„Nun, zu welchem Ergebnis bist du bei deinen heutigen Überlegungen gekommen?"

„Ja, ich bin immer noch der Meinung, wir sollten uns eine Zeit lang trennen."

„Und wie lange."

„So lange, bis du endlich weißt, was du wirklich willst, bis du Boden unter den Füßen hast."

„Aha, also wenn ich dann einen sicheren Beruf habe und alle Schäfchen im Trockenen, dann darf ich wieder kommen."

Martin wußte in diesem Moment, dass das das Ende war. Er wußte es, aber er realisierte es nicht.

Und dennoch:

„Weißt du was, ich stehe jetzt auf, packe meine Sachen und gehe."

Eine Viertelstunde später saß er im Auto und fuhr in die nächste kleine Stadt. Bevor er das Haus verließ, war er ein letztes Mal im Zimmer des kleinen Alexander gewesen. Er wußte in diesem Moment genau, dass er diesen Blick auf das kleine, schlafende Gesicht niemals würde vergessen können.

Irgendwie erkannte er jetzt, dass alles aus war, aber auch alles. Das Haus, der Beruf, die Ehe. Und er konnte die Straße durch seine Tränen hindurch kaum erkennen.

Irgendwie schaffte er es, sich ein Zimmer in einem im Grunde viel zu teuren Hotel zu besorgen. Darin griff er erst einmal zum Telefon.

„Schmitz."

„N'abend Herr Schmitz, hier ist Thaler."

Und Martin schluchzte wie ein kleiner Junge.

„Mensch, Herr Thaler, was ist denn los."

„Meine Frau,....., sie hat mich verlassen, gerade eben."

„Mann, Herr Thaler, was machen sie denn für Sachen!"

Martin ließ sich jetzt nicht mehr beirren.

„Herr Schmitz, nennen sie mir einen Grund, warum ich all das, was ich bis heute gemacht habe, fortsetzen soll..."

„Gerade jetzt müssen sie arbeiten, müssen kämpfen, es muß
doch irgendwie weitergehen..."
Martin hörte nicht mehr zu, legte einfach auf.

. . .

Maria hatte ihm die ganze Nacht hindurch beharrlich und
interessiert zugehört. Sie wußte nicht, ob sie Mitleid oder
Achtung haben sollte vor diesem Mann, der traurig war,
aber nicht verbittert, der zornig war aber nicht agressiv.
Was er gesagt hatte, war klug, zeugte von Erfahrung aber
auch von der Tatsache, dass er noch keinen Abstand zu
seiner Geschichte gefunden hatte. Es waren Gedanken-
gänge voll Reflexion aber ohne Fazit.
„Das Ende, dieser furchtbare Kampf am Schluß, das war
im Januar 1991. Am Golf tobte der Krieg und niemand
wußte, was daraus werden könnte. Aber was soll ich dir
sagen, dieser Krieg konnte mich nicht schocken. Für mich
herrscht auch in Deutschland Krieg. Zwischen jedem La-
denlokal, zwischen jeder Bürowand. Doch wenn man sich
trifft, dann grüßt man freundlich, wenn man den anderen
übers Ohr haut, klopft man ihm kameradschaftlich auf die
Schulter. So gesehen haben Kanonenrohre etwas erfri-
schend aufrichtiges."
Er lachte ein wenig grimmig und zitierte Brecht:
„ ‚Doch der Haifisch - der hat Zähne, und die trägt er im
Gesicht. Und Mackies, der hat ein Messer, und das Messer sieht man nicht.' All' diesen sauberen Geschäftsleuten
mit ihren modernen Maßanzügen sieht man das Messer
im Gürtel nicht an. Und solange es solche Menschen gibt,
die andere freundlich lächelnd legal betrügen, die mit dem
blauen Band der Sympatie das Vertrauen ihrer Kunden
mißbrauchen, auf deren Steine man angeblich so sicher
bauen kann, solange wird es Krieg geben auf unserem
Markt. Ja, solange werden sich auch immer wieder die
„Top-Talente" unter den Verbrechern an die Spitze von
Firmen setzen."

Und wieder wirkten die Augen des Mädchens gegenüber
ein wenig feucht.
„Das mußt du schreiben. Ja, schreib' ein Buch darüber."
Er nickte.

Irgendwann waren Bruno und Susanne nachgekommen.
Derweil Susanne sich grußlos in ihr Bett zurückzog, setzte
sich Bruno noch kurze Zeit - Gelassenheit zur Schau tra-
gend - zu den beiden, bevor die Nacht auf einer Luftmat-
ratze ihr Ende nahm.

Abbau ist unumgänglich

In Neuruppin werden 14 Poststellen geschlossen

Kreis Neuruppin (mg). Hajo Friedmann hat es nun wirklich nicht leicht. Nicht genug damit, daß er als Amtsvorsteher des Postamtes Neuruppin gleichzeitig verwaltungsmäßig auch Kyritz und Wittstock zu betreuen hat. Er ist ebenso gehalten, seine Geschäfte unternehmerisch zu führen, sich um die Belange seiner Mitarbeiter zu kümmern und das Angebot seines Postdienstes optimal auf die Bedürfnisse der Bürger abzustimmen.

Als Ergebnis all dieser ihn bedrängenden Sachzwänge schließt er zum Ende März rings um Neuruppin 14 Poststellen. Hajo Friedmann betont, daß durch die Schließung der Poststellen niemand entlassen wird. Der notwendige Abbau erfolgt ausschließlich über den Weg der Vorruhestandsregelung. Zur Entscheidungsfindung hat er umfangreiche Analysen angestellt. Brief- und Paketsendungen wurden gezählt, Kundenströme registriert. Doch die Schließung der Poststellen ist nicht das einzige Ergebnis der aufwendigen Analyse. Auch die Öffnugszeiten der Postämter ändern sich zum Ende des kommenden Monats. Sie sind, so Friedmann, den Kundenbedürfnissen angepaßt worden.

Das alles macht dem Chef im Postamt Neuruppin keinen Spaß. Deshalb hat er auch genau darauf geachtet, daß in den Orten, in denen man in Kürze nicht mehr zum Schalter gehen kann, die nächstgelegene Poststelle per Fahrrad erreichen kann. Und für jene, die sich nicht mehr aufs Velo setzen können, hat er auch Abhilfe geschaffen.

Die motorisierten Zusteller werden, sobald die notwendigen Umstellungsmaßnahmen vorgenommen sind, einfache postalische Dienstleistungen vornehmen können. Hierzu gehören die Entgegenahme von Brief- und Paketsendungen oder von Einschreiben, sowie der Verkauf von Briefmarken.

Der Abbau von Poststellen war, so Friedmann, unumgänglich. Schließlich ist der Postdienst verpflichtet, seine Entscheidungen nach unternehmerischen Gesichtspunkten vorzunehmen. Das heißt: Minimalziel ist die Kostendeckung. Tatsache aber ist, dass der Postdienst seit Jahren Milliardenverluste einfährt. Die reiche Schwester Telekom erlahmt da beim Griff unter die Arme. Es ist nur noch eine Frage der Zeit, bis der Geldstrom versiegt.

Beides aber, die Unterstützung durch Schwestergesellschaften oder die Finanzierung über den Fiskus, kostet letztlich das Geld des Steuerzahlers.

Es half nichts. Der kostenträchtigste Posten, die Personalkosten, mußte reduziert werden. Wenn Friedmann dabei nicht auch soziale Gesichtspunkte in seine Betrachtungen miteinbezogen, sondern nur die Kalkulation zugrunde gelegt hätte, dann hätten weit mehr Stellen gestrichen werden müssen.

Das Problem, so warf Friedmann im Gespräch mit dem Ruppiner Allgemeinen noch ein, wäre leichter zu lösen gewesen, wenn seine Mitarbeiter bei der Vergabe von Posten eine größere Mobilität mitbrächten. „Bei manchen Stellen könnten wir die Angestellten stapeln, andere blieben unbesetzt.

Martin wachte auf und sah Brunos breites Grinsen mit einem noch ein wenig verschleierten Blick.

„Im Leben," Bruno hatte Mühe, ein Prusten zu unterdrücken, „im Leben habe ich noch nicht bis elf Uhr geschlafen!"

So begrüßte er ihn - es war kurz vor 12 Uhr.

Die Brötchen lagen bereit, der Kaffee war gekocht, als Martin die Küche zum Frühstück betrat. Ihm folgte - etwas zögerlich - Susanne, die sichtlich erleichtert war, als alle reagierten, wie sie logischerweise zu reagieren hatten: mit unberührter Freundlichkeit. Denn schließlich hatten sie mit der abendfüllenden Auseinandersetzung zwischen Susanne und Bruno nichts am Hut. Und auch Bruno begrüßte sie mit einem zarten Kuß. Alles war wieder im Lot.

Im Lot war der ganze Tag. Bei strahlendem Frühlingswetter waren sie von Mittags bis zum Abend durch eine Stadt gewandert, in der es unendlich viel zu tun gab, um die Ausstrahlung zur Geltung zu bringen, die sie - zur Gänze unter Denkmalschutz gestellt - trotz aller Baustellen und Schandflecken immer noch hatte. Bruno betätigte sich gewohnt souverän als Gästeführer. Maria lehnte sich wann immer es den Blick nach oben zu einem beachtenswerten Bauwerk zu richten galt, an Martin. Und Martin nahm Maria bei der Hand, wann immer das Pflaster der Vermutung Anlaß verlieh, dass ein Mädchen der Stütze bedurfte. Martin - fernab vom Streß zwischen den Sportplätzen und der Redaktion - erinnert sich bis heute nicht an auch nur einen Tag, den er mehr genossen hat.

Martin ahnte, dass er da ein ganz besonderes Mädchen an der Hand hielt. Und deshalb wußte er auch, wie er sich zu verhalten hatte, als Maria und er tief in der Nacht beschlossen, die beiden Luftmatratzen im Wohnzimmer nebeneinander zu rücken. Noch ahnte er nur, welch ein Feuer aus Liebe, Zärtlichkeit und nicht zuletzt geballter, jugendlicher Erotik diese kleine Person zu entfachen vermochte. Aber er wußte auch, dass dazu die Zeit noch nicht reif war, dass er alles kaputt machen würde mit tölpelhaftem Machogehabe.

Nein, noch war da dieses von Pe Werner so schön besungene „Kribbeln im Bauch", dieses „Das-kann-doch-wohl-nicht-wahr-sein"-Gefühl, das nie wieder so intensiv zurückkehrt, auch wenn die Liebe mit den Jahren gewiß nicht nachläßt, mitunter gar zunimmt.

Sonntag

Ineinandergekuschelt waren sie eingeschlafen - beiseite gedreht wachten sie auf am nächsten Mittag. Er drehte sich nach ihr um, sie schlug ihre dunklen Augen auf und bedeutete ihm mit einer Geste, die er nie wieder vergessen sollte, dass er zu ihr krabbeln sollte: Sie reckte die Arme nach ihm, spreizte die Finger und kniff sie zur Faust zusammen. Da wußte er, dass sie ihn lieb hatte.
Maria und Martin beschlossen am Abend, ihn mit einem Besuch bei Katja zu beginnen. Als sie mit einer Flasche Wein in der Hand eintraten, fanden sie dort Bruno und Susanne, Dieter und Evelyn. Mitten in den einzigen Raum der Wohnung war ein Tisch gestellt worden, um den die Gruppe sich niedergelassen hatte. Er war geradezu festlich gedeckt. Kerzen brannten, die Gläser waren mit Rosé gefüllt. Wie stets, erfaßte Martin die Situation nicht sofort.
„Oh, das ist ja prima! Maria, da haben wir ja Glück gehabt - es gibt was zu essen!"
Katja lächelt gequält.
„Äh, Martin. Ich habe mich auf genau fünf Personen eingerichtet. Tut mir leid."
„Tja", meinte Maria denn auch ganz lapidar, „dann gehen wie wohl besser wieder."
„Okay", reagierte Katja ganz unbeschwert. „Macht euch noch 'nen schönen Abend!"
Martin und Maria hatten gerade das schwere Tor zur Hofeinfahrt erreicht, als Bruno und Evelyn sie abfingen. Bruno ergriff das Wort:

„Ich - wir wollten euch nur sagen, dass wir das auch nicht in Ordnung fanden. Aber wir können ja jetzt schlecht gehen."
„Ist angekommen, Bruno", betonte Martin eilig.
Dann gingen sie in Richtung Stadtmitte. Am Karl-Marx-Platz setzten sie sich auf eine Bank. Das alte Gymnasium vor ihnen war nur in Umrissen gegen den halbdunklen Abendhimmel zu sehen. Die Springbrunnen rechts und links neben der Marx-Büste plätscherten. So saßen sie eine Zeit still da, ehe Maria es zornig aussprach:
„Das war doch die pure Dekadenz!"
Und dann äffte sie nach:
„ ‚Ich war nur auf fünf Personen eingerichtet.' Als wenn einer von denen verhungert wäre, wenn sie den Nachtisch hätten aufteilen müssen! So was gab es doch früher nicht. Nicht unter euch in dieser Clique, und auch nicht sonstwo in Neuruppin!"
Martin hingegen war nachdenklich.
„Manchmal glaube ich, man hat den DDR-Bürgern den Kapitalismus verkauft, wie einst in Amerika diese skrupellosen Rowdies Alkohol an die Indianer. Die haben damals ihre Würde verloren. Und auch den ehemaligen DDR-Bürgern wird es wohl nicht gelingen, die positiven Tugenden, die das Leben in diesem Land unter diesem System hervorbrachte, in die Zukunft zu retten. Bald wird keiner mehr so ohne weiteres einem Kollegen sein Auto leihen. Auf den Partys wird man Ansprüche stellen und danach über das Essen lästern. Bouletten und Würstchen werden nicht mehr reichen. Was glaubst du, welchen Pomp man schon bald mit den Hochzeiten treiben wird. Und überhaupt: Mal eben 'rüber gehen, das wird vorbei sein. Man hat schließlich jetzt Telefon. Da macht man dann einen Termin aus - zwei Wochen zuvor.
Ich wußte seit Monaten, dass solch' eine Zeit im Grunde nur ein Augenblick sein konnte. Diese Kameradschaft, diese Aufbruchstimmung - das alles mußte irgendwann vorüber gehen. Alles hat halt seine Zeit."

Hocken in den Startlöchern mit gebundenen Händen

Im Sportpark nicht nur die Heizung sanierungsbedürftig

Lindow (mt). „Sportpark Lindow! ... Es tut mir leid, aber wird sind ausgebucht." Die stets freundliche Auskunft des Portiers gerät zur Stereotype. Die große Nachfrage nach den 215 Zimmern der acht Hektar großen Sport- und Freizeitanlage freut den Pächter einerseits und bereitet ihm gleichzeitig Verdruß. Denn die Sportparkbetriebsgesellschaft Lindow hockt mit fertigen Investitionsplänen in den Startlöchern, doch allein die Treuhand zündet den Startschuß.

„Die Eigentumsverhältnisse sind nochnicht geklärt, und so lange sind uns die Hände gebunden", bedauert Manfred Hinrichs, Geschäftsführer des Sportparks. So kommt es, daß das Gelände mit hohem Freizeitwert und von großem Nutzen für Sportler der gesamten Republik seinem Namen noch nicht gerecht wird.

Zwar sind vier Hallen und vor allem ein der olympischen Anlage in München nachgebaute Schwimmhalle sowie Bootsanlegeplätze vorhanden, doch all' das harrt seiner längst überfälligen Sanierung. Zwar gibt es eine Sauna, doch die ist viel zu klein. Zwar stehen Ruder- und Treetboote bereit, doch das allein rechtfertigt den Begriff „Freizeitpark" noch nicht. Dessen ist sich Manfred Hinrichs bewußt.

So plant er die Ansiedlung von mehreren selbständigen Unternehmern, die eine Tennis- oder Squashhalle bauen, die Schwimmhalle betreiben oder Segelunterricht anbieten. „Wir konzentrieren uns dann ganz auf die Gestronomie", bescheidet sich Manfred Hinrichs, der sofort die notwendige Bettenzahl nachschiebt, die nach seinen Berechnungen das ehemalige Zuschußunternehmen der SED in den Genuß schwarzer Zahlen bringen würde. „Wir müssen die Bettenzahl verdoppeln." Diese Kapazitätserweiterung betreibt Hinrichs vor allem mit Blick auf einen weiteren Aspekt seines Sanierungsplanes.

Denn solange der Boom in solchen Branchen anhält, die ihre Mitarbeiter zu regelmäßigen Schulungen einladen, die Versicherungsgesellschaften also, will er einen hohen Anteil seiner Zimmer für Seminargäste freihalten. „Zur Zeit vergeht kein Tag, an dem nicht einer der Tagungsräume belegt ist."

Eine Entscheidung muß getroffen werden in Berlin, sonst wirft der derzeitige Pächter das Handtuch. Noch bis zum Sommer will man warten. Bis dahin muß der Geschäftsführer wissen, ob sich ein Eigentümer gefunden hat, der seine Konzeption mitträgt. Wunschpartner wäre die Gemeinde Lindow, die bereits Interesse signalisiert hat. Die Botschaft hörte die Treuhand wohl. Allein, ihr fehlt der Glaube an die Fiananzkraft der Kommune.

Es war kurz vor 18 Uhr in Gransee. Das „Umbruch-Team"
hatte bereits die Spiegel und die dazugehörigen Disketten
unter dem Arm und wartete darauf, nach Oranienburg
aufbrechen zu können. Nur Evelyn bastelte noch an ihrer
Seite. Sie stierte auf ihren Bildschirm und murmelte:
„Ich weiß nicht, was ich da hinpacken soll!"
Dann wurde sie lauter:
„Ich weiß nicht mehr weiter!"
Und dann schossen ihr die Tränen in die Augen., sie griff
nach ihrer Zigarettenschachtel und stürzte aus dem Zim-
mer. Nach einer kurzen Schrecksekunde ergriff Bruno als
erster die Initiative, und folgte ihr vor die Tür.
Martin sah sich um und sah Ratlosigkeit seiner Chefin.
Sven zuckte nur mit den Achseln.
„Kommt Kinder - das kriegen wir hin!", sagte Martin und
Sven verstand.
„Was fehlt denn?"
Martin sah auf den Spiegel.
„Drei Spalten - ungefähr 140 Millimeter. Da können wir ja
nicht gut hinschreiben: ‚Raum für Ihre Notizen'!"
„Das ist ein zweispaltiges Hochformat und ein Text dazu."
„Gibt es irgendetwas anzukündigen?"
„Schau mal in ihre Terminankündigungen in der Mel-
dungsspalte."
„Da ist am Samstag 'ne Fete im Jugendheim in Fürsten-
berg."
„Haben wir ein Foto von dem Jugendheim?"
„Natürlich nicht."
Martin wühlte verzweifelt in dem Stapel Fotos, die auf
Evelyns Schreibtisch lagen. Er fand nur ein Querformat
von einem Straßenzug der im Norden des Kreises gele-
genen Stadt.
„Das mache ich passend!"
„Gut, dann fehlen dazu rund dreißig Zeilen. Wäre doch
gelacht, wenn wir die nicht füllen könnten. Schließlich bin
ich jahrelang pro Zeile bezahlt worden."
Fieberhaft dachte Martin nach. ‚Eine öde Straße und eine
Fete am Wochenende. Wie machen wir da eine Meldung
draus?'

Und er beobachtete, wie seine Finger über die Tastatur flogen - und er staunte, was auf dem Bildschirm erschien. Da war von einer ansonsten von Jugendlichen bevölkerten Straßen die Rede, die am Samstagabend aber leer sein werden, weil schließlich ...
Journalistisch ein absolutes Unding. Aber es gelang Martin, die Lücke zu schließen, ehe die von Bruno einigermaßen wieder aufgerichtete Evelyn zurück in der Redaktion war.
Er war schon ein wenig stolz, als Martin Evelyn die Seite präsentierte. Und sie klopfte ihm auf die Schulter und meinte:
„Das habe ich mir doch fast gedacht. - Na, dann wollen wir doch mal aufbrechen."
Denn auch Evelyn hatte an diesem Abend Dienst in O-burg. Doch die Redaktionschefin intervenierte:
„Nix da. Du fährst nach Hause. Martin springt für dich ein."
„Nein, nein!", wehrte Evelyn ab. „Es ist alles okay, ich mache meinen Dienst."
Doch Maria ließ nicht mit sich reden.
Endlich waren die Artikel geschrieben und auf Tippfehler gegengelesen, die Seiten gespiegelt, die Fotos entwickelt und beschriftet, schließlich die Disketten bespielt. Nun hieß es für Martin und Bruno: Auf ins 60 Kilometer entfernte Oranienburg! 60 Kilometer über die dunkle, holprige, und an diesem Tag wie so oft glatte Landstraße.
Es begann bereits dunkel zu werden, als Bruno und Martin Sachsenhausen passierten. Jenes Sachsenhausen, das in den letzten Wochen wegen rechtsradikaler Übergriffe auf die KZ-Gedenkstätte zu trauriger Bekanntheit gelangt war. Wie stets zwangen sich die beiden, zu relaxen. Bruno fuhr betont langsam. Eile bedeutete Streß und brachte nichts. Im Radio lief Chris de Burgh. Ein Titel, der bei Martin eine wahrlich andere Stimmung hervorrief, als die Lust auf den immer noch notwendigen Umbruch in der immer noch aus Wohncontainern bestehenden Verlagszentrale. Die B 96 - mal mit Kopfstein gepflastert, mal mangelhaft geteert - war seifig von dem in Niederschlag übergehenden Nebel. So folgten sie ihrem Scheinwerfer-

kegel und gingen ihren Gedanken nach. Bruno brauchte nicht lange zu überlegen, um zu wissen, dass Martin jetzt an Maria dachte.

„Na, alter Schwede, heute abend noch nach Berlin?"

„Nein - ich treffe mich morgen ziemlich früh mit Kaminski."

Dieter Kaminski war Vorsitzender des Kreissportbundes und auch zuständig für einen Teil der Vereine aus dem Kreis Gransee.

„Na, dann haben wir gleich wohl noch Zeit für ein gepflegtes Pils-Bier."

„Jauu - endlich mal wieder."

Das Radio brachte inzwischen Meldungen. Thema war die Aussage eines „verdienten" ehemaligen SED-Funktionärs:

„Das einzig Sinnvolle, das die DDR hervorgebracht hat, ist der grüne Rechtsabbiegerpfeil."

Im Chor brach es aus beiden heraus:

„So ein Aaaarschloch!"

Martin hatte offenbar etwas begriffen, das ein „Wessi" nicht sofort verstanden hätte. Der hätte vielleicht die Einsicht eines ehedem überzeugten DDR-Funktionärs gewürdigt. Tatsächlich aber hatte dieser Mensch sein ganzes Leben in der DDR wie die Made im Speck gelebt, um sich jetzt nach der Wende mit derartigen Äußerungen lieb Kind zu machen. Was einem Ostler sofort offenbar wurde, hatte auch Martin spontan erkannt. Und so war er heute zum zweiten Mal ein wenig stolz auf sich.

„Hat sich Markus schon eine neue Strategie ausgedacht?"

Martin sprach von den Bemühungen des Freunndes, den Verlag dazu zu bewegen, die Terminals mit Oranienburg zu vernetzen.

„Bestimmt. Doch genauso bestimmt dauert es auch noch Monate."

Die Arbeit in O-burg war an diesem Abend rasch getan. Die Seiten paßten gut - Fehler waren nicht allzuviele zu korrigieren. Jetzt standen Bruno, Martin und Markus zwischen den Containern unter einem Vordach aus Wellblech und genehmigten sich eine Zigarette. Auch Martin paffte, wenn auch ohne großes Vergnügen. Seine Pfeife

schmeckte ihm immer noch besser. Markus fingerte, ein Blättchen zwischen Mittel- und Zeigefinger, in seinem Tabak und murmelte.
„Wird wohl doch später mit eurem Bierchen heute."
„Warum?", wollte Bruno wissen.
„Zwischen dem Dreieck zum Berliner Ring und Fehrbellin steht der Verkehr."
„Wieder so ein paar Idioten, die nicht aufgepaßt haben", schimpfte Martin, „Können die ihren Unfall nicht irgendwo auf der Landstraße machen, wo sie niemanden stören?"
Bruno ignorierte den wenig humorvollen Beitrag seines Freundes.
„Na, dann fahren wir halt durchs Luch."
Das Luch ist eine besonders für Nebel bekannte Niederung des Rhins bei Fehrbellin. Schleichwege, die ihren Namen verdienen, führen in Schlangenlinien längs der Autobahn nach Neuruppin.
„Laß doch deinen Wagen hier stehen - wir fahren alle mit Brunos", schlug Martin Markus vor.
„Ne laß mal, Olle. Ich will ja gar nicht mit in den Pub."
„Ach sooo," verlieh Martin seinem Verständnis eine süffisante Note. „Wir fahren dich auch bei Katja vorbei. Und nach Hause willst du dann doch eh nicht mehr."
„Nö." Markus grinste ein wenig verlegen, zündete sich die Selbstgedrehte an und beharrte:
„Aber morgen früh will ich mein Auto haben."
„Na gut, dann brechen wir auf. Du fährst vor."
„Ja, ja, der Langsamste immer nach vorne."
Markus fuhr einen alten, lilafarbenen Kadett, der selten auf allen vier Pötten lief.
Es dauerte fast eine halbe Stunde, ehe sie Kremmen durchquert hatten und nun von einer Landstraße dritter in eine vierter Ordnung abbogen. Auch Brunos wenn auch alter, so doch luxoriöser Honda hatte Mühe, seinen Scheibenwischer durch die Regenschwaden zu kämpfen. In dem Kadett vor ihnen flackerte eben der Schein eines Feuerzeugs auf, und Bruno nörgelte:
„Mensch, Markus, halt bloß die Spur! - Neeiiiiin!"

Wie aus dem Nichts tauchte mit Urgewalt ein LKW aus dem Dunkeln. Erst ein dumpfer Knall, dann ein Knirschen, das Bersten der Windschutzscheibe, die riesigen Reifen des LKW bäumten sich auf, die des bereits zertrümmerten Kadetts brachen weg, der LKW seitwärts in den Graben, abgefangen von einem Alleebaum, der Torso aus zerborstenem Glas, verbogenem Blech und deformiertem Gummi rutschte noch einige Meter - dann blieb er liegen. Ein Blitz, ein puffender Schlag, dann nur noch Flammen.

Das Leben geht weiter - welch' ein fürchterlicher Satz! Das Leben, das war für Martin mit einem Mal ein Tau, das sich um seinen Hals schlang, ihm die Luft nahm und ihn fortzog von seinem Freund. Mit jeder Sekunde seit jenem Knirschen entfernte er sich von ihm, entfernte sich dieses breite, sein Lachen, seine irritierten Blicke, seine festen Griffe um seine Schultern, sein „Olle".
Bruno und Martin saßen noch im Wagen, als die Hitze der Flammen bereits durch die Scheibe drückte. Was sollten sie auch tun außer zusehen, wie das Gummi schmolz, das Blech braun wurde? Bis ein Rettungswagen gekommen war, hatten die mörderischen Flammen bereits keine Nahrung mehr. Die Polizei, das Geschrei der Sanitäter, die gaffenden Menschen, die hilflosen Tränen. Sekunden, Minuten, Stunden lagen hinter ihm, nur diesen Augenblick im Sinn. Wie eingebrannt in seinem Hirn. Er hatte noch gesehen, wie Markus im Moment des Aufpralls den Arm vors Gesicht riß.
Irgendwer hatte sie nach Neuruppin gefahren. Irgendwie waren alle in die Redaktion gekommen. Auch Katja war da, in den Arm von Dieter gekauert, leise schluchzend. Dieter starrte ins Leere, Bruno stützte sich auf einen Schreibtisch, den Kopf in den Händen vergraben. Evelyn und Beate hockten weinend auf dem Boden, die Köpfe aneinandergelehnt. Martin stierte vom Fensterbrett hinaus auf die nächtliche August-Bebel-Straße, sein Kinn zitterte unentwegt. Dann fiel sein Blick auf seine verschmutzte rechte Hand, darin das leicht verkratzte Taschenmesser,

das er Markus geschenkt hatte. Es hatte wenige Meter neben dem Wrack auf der Straße gelegen.
„Behalte es bitte", hatte Katja gesagt.
Ja, er würde es behalten.
Es wurde bereits hell, als Maria in den von schreiendem Schweigen erfüllten Raum kam. Sie gab Katja einen Kuß, ging dann zu Martin und nahm seine Hand.
Bald erschienen auch Bernd, Gerd und Susanne. Als sie davon erfahren hatten, ließen sie ihren Bildschirm im Stich, ihre Notizen liegen. Es wurde Kaffee gemacht. Jeder schämte sich, ihn zu trinken.
Ein Telefon klingelte. Einmal...es war sein Telefon...zweimal...Wann endlich beendet jemand dieses Klingeln? Und wenn nur, um den Hörer wieder in die Gabel zu drücken!...dreimal. Deiter stand auf und nahm den Hörer ab:
„Ruppiner Allgemeine, Appar´.. ja, bitte?", so meldete er sich mit glasklarer Stimme.
„Nein, den ... den können Sie jetzt nicht sprechen."
Und dann legte er einfach auf.
Gegen Mittag betrat der Verlagschef die Redaktion und sagte unnötige Dinge. Das Unnötigste war:
„Sie alle brauchen heute nicht zu arbeiten." und „Wir werden uns sofort um die Vernetzung der Systeme kümmern."
Nachdem er den Kaffee getrunken hatte, sah der Chef auf die Uhr.
„Tja, ich muß dann wieder. Ach, Herr Thaler, haben Sie noch einen Moment Zeit für mich?"
Martin folgte ihm vor die Redaktionstür in den Vorraum. Herr Krause kam direkt zur Sache.
„Herr Thaler, ich weiß, dass das für Sie jetzt nicht der richtige Moment sein wird. Aber wann soll der sein? Nun, worauf ich hinaus will: Wir sind sehr zufrieden mit Ihrer Arbeit. Und ich weiß, dass Sie auch als Lokalredakteur geeignet wären. Auf der anderen Seite wartet Herr Klaus Steinke darauf, ein Volontariat als Sportjournalist zu erhalten. Ich würde ihm die Aufgabe in Gransee zutrauen, zumal Sie das Feld ja gut bereitet haben. Daher frage ich

Sie: Wollen Sie die nun leider vakante Position als Lokalredakteur hier in Neuruppin übernehmen?"
Martin lächelte grimmig. Wie oft hatte er sich den Moment
vorgestellt, an dem er einen Redakteursstuhl angeboten
bekommt? Und nun auf diese Weise! Er konnte jetzt nur
sagen:
„Na, dann wäre das Problem ja elegant gelöst!"
„Herr Thaler, ich muß doch bitten! Trauen Sie mir ruhig
zu, dass ich das auch auf andere Weise hätte lösen können. Und habe ich mir nicht gewünscht, es so zu regeln!"
„Entschuldigen Sie bitte."
„Schon gut - ich kann Sie ja verstehen. Nun, ich erwarte
jetzt keine Antwort von Ihnen. Doch sagen Sie mir rasch
bescheid."
Sie verabschiedeten sich mit einem ernsten Händedruck.
Martin wußte in diesem Moment, dass er das Angebot
annehmen würde.

****

Herstellung: Libri Books on Demand
ISBN 3-8311-0715-7